Hanni Serway

Ein Junge namens Glas

AF282391

Hanni Serway

Ein Junge namens Glas

Ein Coming of Age Roman

Impressum

Bibliografische Information der Deutschen Nationalbibliothek:
Die Deutsche Nationalbibliothek verzeichnet diese Publikation in der Deutschen Nationalbibliografie; detaillierte bibliografische Daten sind im Internet über http://dnb.dnb.de abrufbar.

Die automatisierte Analyse des Werkes, um daraus Informationen insbesondere über Muster, Trends und Korrelationen gemäß §44b UrhG („Text und Data Mining") zu gewinnen, ist untersagt.

Lektorat: Sarah Christoph – Lektorat Blattgold
Cover-Design: Kai Jäger

Verlag: BoD · Books on Demand GmbH, In de Tarpen 42, 22848 Norderstedt, bod@bod.de

Druck: Libri Plureos GmbH, Friedensallee 273, 22763 Hamburg

ISBN: 978-3-7597-7465-1

Inhaltsverzeichnis

Triggerwarnung

Achtung, die Inhalte dieses Buches können dich belasten, wenn du selbst Gewalt in der Familie erlebt hast. Sorge dafür, dass du darüber mit jemandem reden kannst, dem du vertraust. Falls du Hilfe benötigst, wende dich an das Jugendamt in deinem Ort oder an eine entsprechende Einrichtung der Caritas oder der Diakonie. Außerdem kannst du dir mehr Informationen auf folgender Seite der Bundesregierung holen:
www.kein-kind-alleine-lassen.de

Glas kommt zurück

Ronnie beobachtete das Haus nun schon seit einer Stunde – unauffällig, versteht sich. Wenn er etwas gut konnte, dann war es das: sich unsichtbar machen. Auch deshalb nannten sie ihn Glas. Der Platz war gut gewählt, eine Bank an der Stadt-Bahn-Haltestelle mitten in einer verkehrsreichen Straße. Er saß, wie er meist dasaß, die Arme um sich geschlungen, als wolle er sich selbst umarmen, dabei unablässig mit den Beinen wippend. Die Leute sollten denken, dass er einfach nur wartete: auf eine bestimmte Bahn oder einen Ankömmling oder einfach darauf, in die nächste Bahn einzusteigen und nach Hause zu fahren, wo er das Essen in die Mikrowelle schieben könnte oder wo es bereits dampfend auf dem Tisch stand, und wo er vielleicht anschließend in sein Zimmer gehen würde, um sich aufs Bett zu legen und Musik zu hören, bevor er seine Hausaufgaben machte.

Ein Haus wie dieses gab es viele in dieser Gegend. Vermutlich war es sehr alt, und offensichtlich schon lange nicht mehr renoviert worden. Die Fassade war von den täglichen Abgasen geschwärzt, an manchen Stellen blätterte der Putz. Dennoch konnte man sehen, dass es einst ein sehr stattliches Haus gewesen war. Eine Art Säule fasste die Fenster aus farbigem Glas ein. Geschnitzte Ornamente zierten die Tür, an der an vereinzelten Stellen bereits kleine Stücke Holz fehlten. Ronnies Blick saugte sich an dieser Tür fest, durch die gelegentlich jemand herauskam oder hineinging.

Er hätte nicht sagen können, warum er sich gerade dieses Haus ausgesucht hatte. Vielleicht, weil es so günstig lag.

Wenn es notwendig wäre, könnte er schnell von hier verschwinden. Zuerst aber musste er hineinkommen.

Sein Handy zeigte 11:17 Uhr. Lange konnte er hier nicht mehr sitzen, denn bald war die Schule zu Ende. Er wollte auf keinen Fall von jemandem gesehen werden.

Gestern noch hatte er gedacht, er könne sich im Wald verstecken. Er hatte nicht mit den Temperaturen gerechnet. Die Nächte im April konnten noch schrecklich kalt sein. Davor hatte ihn auch die Hütte nicht schützen können, die er sich gebaut hatte, und auch nicht sein Schlafsack, denn in der Eile hatte er nur den Sommerschlafsack eingepackt. Den Ort, den er für sein Versteck ausgewählt hatte, kannte er von früher. Er lag in der Nähe des Dürrbachweihers, einem magischen Anziehungspunkt für die Bewohner des Stuttgarter Ostens. Eltern gingen mit ihren Kindern dorthin, Rentner und Hundebesitzer liefen herum, und Jugendliche nutzten den Platz und die danebenstehende Grillhütte im Sommer zum Feiern von Partys.

Mitten im Wald würde seine Hütte hoffentlich niemand bemerken. Er hatte sie sehr sorgfältig gebaut, hatte herumliegende Äste gesammelt und sie um einen Baumstamm herum angeordnet. Es war zwar mühsam, aber am Ende war er stolz, dass er es auch ohne seinen Vater geschafft hatte.

Nachdem die Laubhütte „bezugsfertig" war, hatte er sich auf eine Bank an dem kleinen Teich gesetzt und die Frösche beobachtet. Unweigerlich musste er an früher denken, als er mit seinen Eltern hier und die Welt noch in Ordnung gewesen war. Er hatte Kaulquappen in ein Marmeladenglas gefüllt und durfte sie mit nach Hause nehmen. Am nächsten Tag hatte seine Mutter ihn allerdings nochmals hierhergebracht, und er musste sie wieder aussetzen. Ein Marmeladenglas voll Wasser sei zu wenig, hatte sie ihm gesagt, und die Kaulquappen bräuchten ihre Eltern, um Frösche werden zu können. Nun, er selbst hätte auch Eltern gebraucht, und er bräuchte sie immer noch. Aber da hatte er wohl Pech gehabt. Was macht ein Frosch, dessen Eltern sich nicht um ihn kümmerten? Gab es das überhaupt? Frösche, die von ihren Eltern geprügelt wurden? Bestimmt nicht. Das war wohl eine Menschenspezialität.

Aber er hatte beschlossen, nicht weiter darüber nachzudenken. Stattdessen hatte er den Teich beobachtet, in dem es von Fröschen brodelte. Sie ruderten in Schwärmen durch das Wasser und versammelten sich in unüberschaubaren Klumpen. Hin und wieder schwirrte eine Libelle mit schnellen Flügelschlägen über die Wasseroberfläche, tauchten Enten unermüdlich ihre Schnäbel ins Wasser, um sich anschließend im Schilf sorgsam das Gefieder zu putzen, und Bäume und Himmel spiegelten sich auf der glatten Wasseroberfläche. Es war beinahe wie Fernsehen.

Abends hatte er sich in seine Laubhütte zurückgezogen. Er musste sich erst an die nächtlichen Laute gewöhnen und schreckte anfangs bei jedem Rascheln und Knacken auf. Lief jemand vorbei? Stand jemand vor seinem Unterschlupf? Vielleicht gab es hier Wölfe! Irgendwo im Land sollten welche sein. Vielleicht auch hier? Er wusste es nicht. Aber nicht nur die Geräusche hielten ihn wach, ihm war kalt. Der Sommerschlafsack taugte nicht für die Jahreszeit.

Es hatte lange gedauert, bis er eingeschlafen war. Die Gedanken wirbelten durch seinen Kopf wie Blätter in einem Sturm. Sie flogen auf und ließen sich nieder, nur um vom Wind erneut hochgeschleudert zu werden. Wie sollte es nur weitergehen? Im Moment war er hier sicher. Aber wie sollte er im Wald überleben? Er brauchte etwas zu essen und zu trinken. Ab und zu sollte er sich auch waschen können. Was wäre, wenn er krank würde? Und seinen Plan, es einmal besser zu machen als sein Vater, konnte er wohl kaum im Wald verwirklichen.

Doch als er am Mittag Hals über Kopf aus dem Haus gerannt war, hatte er über all das nicht nachgedacht. *Nur weg!* war alles, was er denken konnte. Den Brief des Rektors an seine Eltern hatte er immer noch in seinem Rucksack. Er wusste, was ihm geblüht hätte, wenn er seinen Eltern in die Finger gefallen wäre. Bisher hatte er alles ertragen, was ihm zu Hause und auch in der Schule widerfuhr, aber auf einmal war der Punkt erreicht, an dem er nicht mehr konnte und nicht mehr wollte. So jedenfalls nicht! Er wollte kein Geschrei mehr hören, und nicht diese Säuferstimme, wenn sie sich vor Wut überschlug, nicht diese blutunterlaufenen Augen sehen, nicht den widerwärtigen Geruch nach vergorenem Alkohol riechen, so schal und sauer. Vor allem wollte er keine Prügel mehr ertragen.

Nur wie und wovon sollte er jetzt leben? Wie sollte es nur weitergehen? Wütend wischte er sich die Träne aus dem Auge, die er nicht hatte verhindern können. Nein, er würde nicht weinen. Stundenlang hatte er sich auf dem Boden herumgewälzt, ehe er endlich eingeschlafen war.

Nachts hatte es zu regnen begonnen. Anfangs hielten die Äste den Regen ab, aber mit der Zeit fanden die Tropfen ihren Weg durch die Lücken. Als er endlich in die Grillhütte umgezogen war, war seine Kleidung feucht. Er hatte nur noch eine Garnitur zum Wechseln dabei. Ein weiteres Mal dürfte er nicht nass werden. Und auch, wenn er nun im Trockenen saß, so war ihm dennoch kalt.

Am Morgen hatte der Regen endlich aufgehört, aber seine Spuren waren überall sichtbar. Wassertropfen hingen wie Perlenketten an Blättern und Grashalmen, aus der Erde dampfte die Feuchtigkeit und hüllte den Wald in graue Schleier, durch die nun mühsam die Sonne durchbrach. Ronnie war fasziniert von dem Anblick, aber er konnte ihn nicht genießen. Er fror, der Akku seines Handys war leer, und leer war auch die Plastikdose, in der er sich ein wenig zu essen eingepackt hatte. Es half nichts: Er brauchte eine andere Unterkunft.

Svenja

Als er die Stadt heute Morgen betreten hatte, war sein erster Impuls gewesen, sofort wieder umzudrehen. Die Gerüche und Geräusche erschienen ihm wie eine Wand, die ihn zurückstieß. In der Luft waberten die Abgase und es roch nach einer Mischung aus Staub, Benzin und Rauch. Reifen lärmten auf dem Asphalt und die U-Bahnen quietschten laut, wenn Stahl auf Stahl rieb. Plötzlich war all das unerträglich. Dabei kannte er es so von klein auf, denn hier war er geboren und aufgewachsen.

Er hatte sich überlegt, dass er sich auf einem Dachboden oder in einem ungenutzten Kellerraum in einem Stadthaus verstecken könnte. Zuerst freilich hatte er nach etwas Essbarem gesucht und hatte Glück. Im Müll-Container eines Einkaufszentrums fand er abgelaufene Lebensmittel und Obst und Gemüse. Gerade, als er ein paar bereits leicht bräunliche Bananen und eine Packung Toastbrot in seinen Rucksack gepackt hatte, wurde er von einem der Mitarbeiter entdeckt. „Warte, Bürschchen!", rief der und drohte mit der Polizei. Ronnie konnte gerade noch wegrennen. Fürs Erste müsste es eben reichen. Vielleicht fand er später mehr.

Anschließend war er durch die Königstraße geschlendert. Vor dem Eingang des Kaufhofs warteten bereits Kunden und er schloss sich ihnen an, als sich die Türen um 10:00 Uhr öffneten, um sich aufzuwärmen und vielleicht wenigstens eine Handvoll Wasser ins Gesicht zu bekommen. Durch Wolken stark riechender Parfüme ging er zur Rolltreppe. Im obersten Stock benutzte er die Toilette, wusch sich Gesicht und Hände und wanderte eine Weile durch die Gänge, um wenigstens noch eine Zeit lang im Warmen und Trockenen zu sein.

Irgendwann musste er sich auf die Suche machen. Als er sah, wie sich die Türen des Aufzugs öffneten, trat er kurz entschlossen hinein und wartete auf das Schließen der Türe. Jemand hatte bereits den Knopf für das EG gedrückt.

„Hi", sagte das Mädchen, das bereits vor ihm im Aufzug gewesen war. Sie war vielleicht so alt wie er und sah ihn neugierig an. Er blickte ihr kurz ins Gesicht. „Hi", antwortete er und senkte dabei den Kopf.

Heimlich betrachtete er sie aus dem Augenwinkel. Ihre Haare waren leicht gelockt und reichten bis zum Nacken. In ihrem Gesicht blühten Sommersprossen wie kleine Blumen auf einer Sommerwiese. Ihre Kleidung war auffallend unauffällig. Eine schwarze Jeans und ein dunkelrotes T-Shirt, sonst nichts. Kein Schmuck, kaum Make-up. Das einzig Bemerkenswerte an ihr waren ihre großen leuchtend grünen Augen. Und die Sneakers! Sie strahlten geradezu magisch in Orange.

Sie spürte wohl, dass er sie anstarrte und blickte zu ihm hinüber. Schnell drehte er sich zur Tür – sie müssten gleich im Erdgeschoss sein. Plötzlich gab es einen Ruck und der Aufzug stand still. „Oh nein!", schimpfte das Mädchen, „ich muss rechtzeitig in der Schule sein!"

Ronnie drückte den roten Notfallknopf und meldete der Stimme im Lautsprecher: „Wir stecken fest!" „Tut uns leid", antwortete der Unsichtbare. „Unsere Techniker sind gerade unterwegs, sobald jemand kommt, holen wir Sie dort raus."

„Das kann ja wohl nicht wahr sein!", schimpfte das Mädchen vor sich hin. Ronnie war es egal. Hier drin war es wenigstens warm. Er setzte sich auf den Boden und lehnte sich gegen die Wand. Das Mädchen machte es ihm nach. „Ich bin Svenja.", stellte sie sich vor. „Und du?" „Ronnie", antwortete er beinahe unhörbar. Es war, als hätte er seine Stimme im Wald verloren. „Wie?", bohrte das Mädchen

15

nach. Er räusperte sich, dann kam es ein wenig lauter: „Ronnie!"

„Hallo Ronnie", sagte sie, als würden sie sich bereits kennen, nur weil sie nun ihre Namen wussten.

„Das kann dauern", meinte sie dann, öffnete ihren Rucksack und zog einen Müsliriegel heraus. „Möchtest du etwas abhaben?", fragte sie und bot ihm ein Stück an. Ronnie nahm es ihr aus der Hand und murmelte ein leises Danke.

Er war nicht geübt im Small Talk. Aber wie sollte man das Warten überbrücken? Er holte sein Handy heraus und steckte sich die Ohrstöpsel in die Ohren.

Irgendwann bemerkte er, dass sie die Lippen bewegte.

„Was?", fragte er und entfernte den Kopfhörer.

„Was hörst du?", wollte sie wissen. Er zögerte einen Moment. Was, wenn sie ihn auslachte? Aber selbst wenn, er würde sie nie mehr sehen, wenn sie erst einmal wieder hier raus wären. Als Antwort gab er ihr einen seiner Ohrstöpsel. Sie hörte einige Sekunden zu, dann sah sie ihn mit großen Augen an.

„Du hörst Mozart?"

„Was dagegen?" Ronnie war in Habachtstellung.

„Im Gegenteil, ich kenne nur so wenige Menschen, die solche Musik hören!"

„Heißt das, sie gefällt dir?"

„Ja! Es ist schöne Musik und ich liebe alles, was schön ist!"

Er würde sie mögen, aber was sollte sie mit einem Straßenjungen wie ihm?

„Huch!" Der Aufzug ruckelte und fuhr dann an. *Das wars dann also*, bedauerte er, als sich die Tür öffnete. „Also tschüss", er drehte sich noch einmal um, um sich zu verabschieden.

„Warte!", sagte sie, als sie draußen waren, und schrieb etwas auf einen Zettel, den sie ihm zusteckte.

„Was ist das?", wollte er wissen.

„Meine Handynummer. Ruf mich an, dann können wir uns treffen und vielleicht zusammen Mozart hören."

Als er endlich weiterging, war ein Lächeln in seinem Gesicht.

Das Haus

Und nun saß er also hier und sah immer wieder zu dem Haus hinüber. Damit es nicht zu auffällig wurde, legte er ein Buch auf seine Knie und tat so, als würde er lesen. In Wirklichkeit verfolgte er unablässig, wer ins Haus hineinging oder herauskam. Eine Frau war mit ihrem Hund nach draußen gekommen, kurz danach betrat ein Mann mittleren Alters das Haus. Vermutlich ein Handwerker, denn er trug einen grauen Arbeitskittel. Den alten Mann, der im ersten Stock am Fenster stand, sah Ronnie erst später. Er hatte kaum Haare auf dem Kopf, dafür einen kleinen Oberlippenbart. Er beobachtete die Straße, blickte mal nach rechts, mal nach links. Komisch, dass alte Männer so oft aus dem Fenster sahen. Sein Opa war genauso. Er wusste immer über alles Bescheid, was die Nachbarn gerade taten und wer mit wem Kontakt hatte oder verwandt war.

Hoffentlich hatte der Mann ihn übersehen. Vorsichtshalber zog Ronnie die Kapuze seines dunkelblauen Hoodies tiefer ins Gesicht. Endlich wandte er sich um und sprach mit einer Person im Inneren des Raums, seiner Frau vielleicht. Dann zog er sich vom Fenster zurück.

Hier wollte er es versuchen. Der Augenblick war günstig. Nur wie sollte er es anstellen? Plötzlich hatte er eine Idee. Man konnte mit einem Zauberwort in jedes Haus gelangen. Er ging über die Straße und drückte die oberen Klingelknöpfe. „Die Post!", rief er, als aus der Sprechanlage ein „Ja?" tönte. Er stemmte sich gegen die Tür und trat ein, nachdem der Türöffner summte.

Zur Linken hing eine Reihe Briefkästen. Vorsichtshalber ließ er ihre Klappen ein wenig scheppern, damit sich niemand wunderte. Es waren acht. Geradeaus war eine Tür, vermutlich die Kellertür. Fünf Stufen darüber befand sich eine weitere Tür. Er schlich hoch, öffnete sie und schaute direkt in einen Hinterhof, in dem Mülleimer standen. Was für eine Überraschung: Mitten in diesem Häusermeer breitete sich ein Garten aus. Nicht nur einer, sondern drei Gärten grenzten aneinander. Der zum Haus gehörige Garten war bepflanzt. An seiner glatten rötlichen Rinde erkannte Ronnie einen Kirschbaum. In seiner Nähe wuchsen Johannisbeersträucher und ein Holunderstrauch.

In die hintere Ecke schmiegte sich ein hölzerner Geräteschuppen. Efeu wuchs an seinen ockerfarbenen Wänden hoch und schlängelte sich um die Regenrinne. Darunter stand ein blaues Regenfass aus Plastik. Der Garten war gut gepflegt, aber er konnte von allen Seiten eingesehen werden. Als Versteck war er also ungeeignet.

Vielleicht sollte er lieber im Keller nachsehen? Er hatte Glück, denn die Kellertür war nicht abgeschlossen. Es war alles ruhig. Langsam schlich Ronnie die Stufen hinunter. Es roch nach Staub und Moder. Unten angekommen, holte er seine Taschenlampe aus dem Rucksack und leuchtete in die einzelnen Kellerräume. Sie waren nur mit Holzlatten voneinander abgetrennt. Der erste Raum glich einer gut sortierten Speisekammer. Ein Gefrierschrank stand darin, und die Regale waren gefüllt mit Weckgläsern. Mirabellen, Pflaumen und Kirschen und Marmeladen. Der Kellerraum daneben gehörte wohl etwas chaotischeren Bewohnern. Alles darin lag wild durcheinander: Autoreifen neben uralten Koffern, auf einem Tisch standen Kartons neben Farbeimern und einem Behälter mit Pinseln. Ein paar windschiefe Regale bargen zahlreiche Aktenordner, die kreuz und quer hineingelegt worden waren, aus einem zerfledderten Karton blickten alte Bilderrahmen in den unterschiedlichsten Größen hervor. In der rechten Ecke stand ein einsames Dreirad, als wäre es nur eben abgestellt worden, bevor das dazugehörige Kind es wieder benutzen würde.

Direkt gegenüber war sogar eine Toilette und ein ver-schlossener Raum. Auf der Tür stand der Name Knopf. Vielleicht eine Art Gästezimmer oder eine Werkstatt? Als er eine weitere Tür öffnete, stand er in einer Waschküche mit Waschbecken. Hier könnte er sich Wasser holen, wenn er Durst hatte und sich wenigstens waschen. Aber all das war als Versteck nicht geeignet.

Rechts neben der Waschküche entdeckte er einen Raum, der mit eingestaubten Kartons vollgepackt war. Spinnwe-ben hingen an der Decke und zwischen den Kartons, die Spinnen warteten in ihren Netzen schon auf Beute. Ein we-nig gruselig, aber offensichtlich unbenutzt. Das war genau das, was er suchte! Aber wie würde er ohne Schlüssel hin-einkommen? Er rüttelte vorsichtig an der Tür und konnte es kaum glauben: Sie war nicht verschlossen. Durch eine kleine Lücke in der Kartonmauer schlüpfte er in den hinte-ren Bereich des Kellerraums und sah sich um.

Hinter den Kartons reihten sich die Kellerregale an der Wand entlang. Auch hier standen Gläser mit Eingemach-tem. Auf allem lag eine dicke Staubschicht. Hier war schon lange niemand mehr gewesen. Das war genau das richtige Versteck. Er musste nicht damit rechnen, dass ihn hier je-mand entdecken würde. Es gab sogar eine Steckdose, an der er sein Handy aufladen, und einen Tisch, an dem er sitzen konnte. Was aber, wenn doch jemand hereinkommen würde? Dann säße er in der Falle. ‚Ach was', dachte er. Er musste doch auch einmal Glück haben.

Wände haben Ohren Teil 1
- und Augen haben sie auch

Einst waren wir Steine, zusammengeschoben von den Wassern versandeter Meere. Erde bedeckte uns und Gras. Wir hörten das Rascheln von kleinem Getier oder das Trampeln großer Tiere. Sonst nur Stille. Dann kamen Männer mit ihren Werkzeugen, legten uns frei, brachen uns und bauten mit uns Kathedralen, Schlösser und Häuser.

Auch ich, das Haus, bin nur eine Ansammlung von Steinen, die den Wassern und Winden Einhalt gebieten. Und doch bin ich viel mehr, bin Mauern und Wände und Dach, bin Heimat vieler Menschen.

Seit 98 Jahren, drei Monaten und 13 Tagen sehe ich, wie sie geboren werden oder ihr Leben wieder verlassen. Ich sehe sie lachen und weinen, und ich bin Zeuge ihrer Geschichte und ihrer Geschichten.

Am nächsten Morgen

Ronnie wachte auf und schaute auf sein Handy: 6:00 Uhr morgens! Er musste aufstehen und sich für die Schule fertig machen. Verschlafen langte er nach dem Lichtschalter neben seinem Bett und griff daneben. Einen Moment lang wusste er nicht, wo er war. Vorsichtig setzte er sich auf, dann fiel ihm alles wieder ein. Dass er seinen Vater zu Hause in den Keller gesperrt hatte, dass er einen Tag und eine Nacht im Wald verbracht hatte, und dass er jetzt im Keller eines fremden Hauses hockte und nicht wusste, wie es weitergehen sollte.

Der gestrige Tag war alles in allem ein Scheißtag gewesen. Er hatte angefangen wie viele Tage zuvor. Ronnie war aufgestanden, als sein Vater noch seinen Rausch ausschlief, hatte gefrühstückt und war in die Schule gegangen. Auch da war alles wie immer. Seine Klassenkameraden hatten ihn abgepasst, um ihn zu ärgern. Doch irgendetwas war anders an diesem Tag, und das, was anders war, war er selbst.

Monatelang hatte er den Spott und die Anzüglichkeiten der immer gleichen Gruppe von Jungs ausgehalten. Als sie aber dieses Mal wieder mit ihren Sticheleien anfingen, so wie an jedem verdammten Schultag: „Hey Glas, was geht?", stieg heller Zorn in ihm auf. Seine Hände schwitzten und er zitterte, so wie auch früher schon, doch dieses Mal hörte der Zorn nicht auf. Er hätte es nicht benennen können, was in ihm vorging, und hätten sie an dieser Stelle aufgehört, wäre er einfach weggegangen, so wie immer eben. Offensichtlich aber wollten sie ihn fertig machen. Dass sie ihn „Glas" nannten – na ja, sein Nachname Glasowsky verleitete dazu. Das war nicht so schlimm. Aber meist schoben sie noch einen Satz hinterher. „Und, Glas? Hat dein Alter mal wieder zu tief ins Glas geschaut?" Und dann sahen sie sich an und grinsten. Und das nur, weil sie einmal gesehen hatten, wie sein Vater volltrunken aus der Kneipe kam und nach Hause torkelte.

Sie hatten sich so vor ihm aufgebaut, dass er nicht ausweichen konnte. Machte er einen Schritt nach links, stellten sich sofort zwei Jungs neben ihn, während ein anderer ihn von vorn verspottete und verhöhnte. Sie machten seinen Vater nach, stolperten von einer Seite auf die andere und stützen sich mit den Händen an den Mauern ab. Auch sein Lallen imitierten sie. „Geht mir aus dem Wwwweg, iiihr Banausen. Iihr ha-a-abt ja kkkkeine Aaahnung vom Lllleben." Dabei lachten sie und klopften ihm auf die Schulter, mit dieser kieksenden Stimme, wie Jungs sie in der Pubertät eben hatten. Mal sprachen sie im tiefen Bass, um dann mitten im Wort in den hohen Sopran zu kippen.

„Ha, und du? Was willst du mal werden? Säufer wie dein Vater, ha?" Sie klopften sich vor Vergnügen auf die Schenkel und beugten sich vor, als hätten sie den größten Witz ihres Lebens gemacht. Und ganz plötzlich war er einfach ausgerastet. Es war, als hätte sich in seinem Inneren ein Schalter umgelegt. Er schlug zu, obwohl er noch nie jemanden geschlagen hatte. Seine Schläge blieben weitgehend wirkungslos, weil er gar nicht wusste, wie man sich wehrt. Leider stand dummerweise Sammy im Weg, als seine Faust sich selbstständig machte und ihn am Auge traf. Dabei hatte der sogar noch versucht, die anderen zu bremsen. Na ja, Herr Meisner, der die Aufsicht hatte, hatte nicht gehört, was der Schlägerei vorausgegangen war, er hatte nur gesehen, dass Ronnie zugeschlagen hatte. Und dann gab es eine Ermahnung und den Brief, der noch immer in seinem Rucksack steckte.

Er hatte versucht, ohne aufzufallen, in die Wohnung zu kommen. Es schien auch, als hätte er Glück gehabt, denn die Tür war noch abgeschlossen, als er kam. Offensichtlich war sein Vater wieder mal mit seinen Saufkumpanen unterwegs. Das waren Leute, die er früher nicht einmal von hinten angesehen hätte. Jetzt waren es plötzlich „seine Freunde." Ronnie sollte es Recht sein, solange er ihn in Ruhe ließ.

Aber falsch gedacht. Gerade, als er in der Küche noch ein Glas Wasser trinken wollte, wurde ein Schlüssel im Schloss umgedreht. Keine Chance mehr, zu verschwinden. Ehe Ronnie seinen Rucksack nehmen konnte, stand sein Vater bereits in der Küchentür. Er hielt sich am Türrahmen fest, was bedeutete, dass er bereits getrunken hatte. „Ach, der Herr Sohn ist auch schon da!", höhnte er. „Prima, dann kannst du mir aus dem Keller gleich mal eine Flasche Wein holen! Aber nicht selbst trinken", schob er noch grinsend hinterher. *Haha*, dachte Ronnie, *Witz komm raus, du bist umzingelt. Geht nicht, die Tür klemmt.* Wer hatte das noch immer gesagt? Ach ja, sein Opi, wenn ein Witz so gar nicht witzig sein wollte. Opi war der Vater seiner Mutter. Der Vater seines Vaters hieß Opa. Und der war ein ganz eigenes Kapitel.

„Und wo finde ich den?"

„Ja, sag mal, bist du blöd? Wird Zeit, dass du dich auch im Keller auskennst. Los, wir gehen da jetzt zusammen runter, und nächstes Mal weißt du Bescheid!"

Widerwillig folgte Ronnie seinem Vater, der mit schwankenden Schritten Stufe für Stufe mehr hinuntertaumelte, als dass er ging. Als sie endlich unten waren, fingerte er unbeholfen den Kellerschlüssel aus der Hosentasche und schloss auf. „So, da schau hin, da auf dem Boden stehen die Weinflaschen. Kann man gar nicht übersehen. Rechts der Rotwein, der ist für mich, und zwar nur für mich, links der Weißwein für die Gäste. Die leeren Flaschen kommen hierhin."

Und während sein Vater in die verschiedenen Richtungen deutete, tat Ronnie zum zweiten Mal an diesem Tag etwas, was er nicht geplant hatte. Er drückte sich leise aus der Tür und schloss sie mit dem Schlüssel ab, der noch im Schloss steckte. Dann nahm er den Schlüssel und rannte damit die Treppen hoch, die Schreie seines Vaters ignorierend. Er packte mehr oder weniger wahllos ein paar Dinge in seinen Schulrucksack: einen Schlafsack, Wäsche zum Wechseln, ein Stück Brot, eine Flasche Wasser und eine Tafel Schokolade. Sollte er noch Geld aus der Haushaltskasse nehmen? Mehr als einen Zehner traute er sich nicht zu entwenden. Und das Buch von Ricki Riordan, das Omi ihm zum Geburtstag geschenkt hatte, musste auch mit. Und natürlich das Ladekabel für sein Handy. Dann legte er den Schlüssel auf den Küchentisch, zog seine Jacke an, hängte sich den Rucksack um und rannte die Treppen hinunter.

Unten hörte er seinen Vater aus dem Keller schreien: „Lass mich raus, du Dreckskerl! Wenn ich dich in die Finger kriege, kannst du was erleben!"

Nun war es entschieden, ob Ronnie wollte oder nicht, er konnte nicht mehr zurück. Hinterher war er über sich selbst erschrocken, aber da war es schon zu spät. Was hätte er machen sollen? Die Kellertür öffnen und sagen: „Hey, Dad, war nur ein Versehen? Ich hab´ gar nicht gemerkt, dass du da drin bist?"

Lügen fiel ihm schwer, und sein Vater hätte ihm ohnehin nicht geglaubt, sondern ihn grün und blau geschlagen. Oder er hätte warten können, bis er zu betrunken war, um noch zuschlagen zu können. Wein war im Keller genug vorhanden. Und ganz sicher hat er danach die eine oder andere Flasche in sich hinein geleert. Aber wehe, wenn er am anderen Morgen aufgewacht und ihm wieder eingefallen wäre, was sein Sohn ihm angetan hatte. Darüber mochte Ronnie gar nicht nachdenken. Nein, nach dieser Aktion hatte er keine andere Wahl gehabt als zu verschwinden. Er war sich sicher, dass seine Mutter seinen Vater kurz danach aus dem Keller befreit hatte, nachdem er ihr eine WhatsApp geschickt hatte. Er sorgte sich nur, dass sein Vater womöglich seine Mutter statt ihn verprügelte. Sonst war es immer andersherum: Sein Vater verprügelte seine Mutter, er versuchte sie vor ihm zu schützen und bekam dann erst recht den vollen Zorn seines Vaters zu spüren.

Doch was jetzt? Nun war er hier in diesem staubigen Keller. Er konnte nicht zurück, und er hatte keine Ahnung, wie es weitergehen sollte. Missmutig ging er zu dem Arbeitstisch, der im Raum stand. So leise wie möglich legte er das Werkzeug auf den Boden und breitete den Inhalt seines Rucksacks auf dem Tisch aus. Viel war es nicht, ein paar Bücher, sein Zeichenheft, Stifte und Radiergummi, und das Buch von Omi. Die feuchte Kleidung hatte er bereits gestern Mittag zum Trocknen aufgehängt. Sie hing noch immer am Haken neben dem Arbeitskittel, der schon vorher da war.

Ebenso missmutig betrachtete er das restliche Essen. Zwei überreife Bananen und eine halbe Packung Toastbrot. Er würde es sich einteilen müssen.

Während er eine der Bananen und eine Scheibe Toastbrot aß, stöpselte er sich die Kopfhörer ins Ohr und hörte Musik.

Das Haus und seine Bewohner

Das Haus erwachte beinahe zur gleichen Zeit wie Ronnie. Nach der Stille der Nacht begann hinter den Türen leise Geschäftigkeit. Ein schwacher Duft von Kaffee entwich aus den Schlüssellöchern in den Flur. In den Rohren rauschte das Wasser und verteilte sich in die Toilettenspülungen und Duschen, ein Radio verbreitete die neuesten Nachrichten, Geschirr klapperte.

Mariana Finkeisen kam mit ihrer Hündin, die sie Hexe nannte, von ihrem Morgenspaziergang zurück. Unter dem Arm trug sie eine Tüte mit frischen Brötchen. Selbst als die Haustüre hinter ihr ins Schloss fiel, hörte man noch von draußen das Rauschen des Verkehrs. Der Lärm der Autos verstummte auch nachts niemals ganz. In ihrer Wohnung gab sie Hexe ihren gefüllten Futternapf und setzte sich an ihren Schreibtisch, um, wie jeden Tag, den Morgen mit Tinte und Papier zu begrüßen.

Zur gleichen Zeit wurde Lotte Hegmann von ihrem Radiowecker mit den SWR2 Nachrichten geweckt. Wieder einmal war sie erbost, dass ausgerechnet ein Nachrichtensprecher mit dem Namen Clemens Lachnicht mit ruhiger Stimme die schlimmsten Ereignisse aufzählte. Das frühe Aufstehen war wohl in ihr Körpergedächtnis einprogrammiert. Tagsüber war sie deshalb oft müde und schlief manchmal am Tisch über einem Buch oder der Zeitung ein, wenn sie nicht Akkordeon spielte oder mit Rosalie, der Amsel redete, die vor ihrem Fenster sang. Sie war nun mal nicht mehr die Jüngste.

Bei den Brenners war schon der Frühstückstisch gedeckt. Eva, bereits geduscht und geschminkt, stellte eben die Kaffeekanne auf den Tisch. Auch Matthias, ihr Mann, würde demnächst seine Rasur beendet haben. Nur ihre

Töchter Isabella und Carina kamen mal wieder nicht aus ihren Betten. Während Eva sich den Kinderzimmern näherte, genoss sie das Klackern ihrer Schuhe auf dem Marmorfußboden, den sie vor einem Jahr hatten legen lassen. Sie konnten es sich leisten dank der steilen Karriere ihres Mannes vom einfachen Facharbeiter zum Techniker. Sollten die anderen ruhig neidisch sein!

Die WG bestand aus dem Architekten Andreas, der Anwaltsgehilfin Jule, der MTA Lisa und dem Sozialpädagogen Daniel. Bis auf Andreas schliefen noch alle. Er hatte sich mit seiner Freundin Miriam verabredet, um ins Hallenbad zu gehen und fluchte über Daniels Schuhe, über die er beinahe gestolpert wäre. Daniels Motto war: Wer Ordnung hält, ist nur zu faul zum Suchen.

Der Rentner Knopf verbarg sein Gesicht hinter der Zeitung, die er eben aus dem Briefkasten geholt hatte. Frau Knopf, manchmal auch liebevoll Knöpfle genannt, war froh, seinen morgendlichen Missmut nicht ansehen zu müssen. Weil er mit seiner Zeit nichts anzufangen wusste, war er oft mürrisch. Sie hingegen war aktiv und lebenslustig, traf sich mit ihren Freundinnen zur Gymnastik und bewegte sich gerne zur Musik. Ihren Mann konnte sie nicht bewegen.

Die Wohnung der Helfferichs war leer. Sie waren ins Altersheim gezogen, nur ihr Kellerraum war noch nicht geräumt. Das wollte ihr Sohn übernehmen.

Dann wäre da noch Gottfried Närrisch, ein alleinstehender Mann mit guten Manieren, immer sorgfältig gekleidet, ein Eigenbrötler, der viel über Bücher und Musik wusste – und über Mathematik. Heute lag er noch im Bett, denn er hatte gestern eine Zahn-OP über sich ergehen lassen müssen.

Ana und Josip Szafransky

Auch die Szafranskys wurden unsanft von ihrem Wecker aus dem Schlaf gerissen. Josip Szafransky hatte bereits die Augen geöffnet, als sich seine Frau Ana stöhnend aus dem Bett erhob und sich die Beine massierte. Sie drehte sich zu ihm um und schmunzelte.

„Was?", fragte er.

„Guten Morgen, Wiedehopf", strahlte sie ihn an.

Er fuhr sich mit der Hand über seine leicht lockigen, rötlichen Haare und versuchte sie zu glätten, was ihm aber nicht gelang.

„Na warte", sagte er und versuchte, sie wieder ins Bett zu ziehen. Aber sie war schneller und humpelte ins Bad, um zu duschen. Josip ging in die Küche und bereitete das Frühstück vor. Schnitt das Brot und kochte Kaffee. Als der Tisch fertig gedeckt war, kam Ana mit einem um die noch nassen Haare gewickelten Handtuch herein und setzte sich an den Frühstückstisch. Josip hatte ihr bereits heißen Kaffee eingeschenkt, den sie nun mit kleinen Schlucken trank. Als sie die Butter auf ihrem Brot verteilte, fragte sie: „Sollen wir nicht Mariana mal wieder einladen? Wir haben sie schon lange nicht mehr gesehen, weder sie noch Frieder. Sie geht auch nicht ans Telefon, wenn ich anrufe. Ich mache mir ein wenig Sorgen."

„Ich kann ja mal vorbeischauen und sie fragen, ob sie heute Abend Zeit haben. Was hältst du davon?"

„Es wäre auf jeden Fall schön, mal wieder einen Abend mit ihr zu verbringen, von mir aus auch mit Frieder, wenn er denn da ist", meinte Ana und zog ein Gesicht.

„Du magst ihn nicht", stellte Josip fest.

„Ehrlich? Ne, ich mag ihn wirklich nicht", bestätigte sie seinen Eindruck. „Wenn ich sehe, wie er Marianas

29

Freundin anhimmelt, läuten bei mir alle Alarmglocken. Und dass die so oft da war, während Mariana im Krankenhaus lag, hatte bestimmt nicht nur freundschaftliche Gründe."

„Bist du nicht zu pessimistisch?", fragte Josip und Ana zuckte mit den Schultern.

„Wie auch immer, ich lade sie ein, und dann können wir sie fragen, warum man sie so selten sieht."

„Du hast Recht", stimmte sie zu. „Deine Kurzarbeit hat auch was Gutes. Bei der Gelegenheit könntest du noch eine Ladung Wäsche waschen."

„Das hatte ich eh vor", meinte Josip mit einem Zwinkern.

Ana stand stöhnend vom Tisch auf. „Nie mehr gehe ich auf einen Betriebsausflug", sagte sie. „Eine Flussbettwanderung! Ich hatte keine Ahnung, was da auf mich zukommt. Man hätte auch von einer Felsenwanderung sprechen können. Stundenlang mussten wir über riesige Steine klettern. Ich habe heute Nacht kaum geschlafen, solche Krämpfe hatte ich in den Beinen." Sie nahm das Handtuch von ihrem Kopf und warf es ihm zu.

„Bleib doch zu Hause", schlug Josip vor und strich ihr dabei liebevoll über den Rücken.

„Ich kann nicht wegen ein bisschen Muskelkater fehlen! Meine Kolleginnen brauchen mich, und die Kinder brauchen mich auch." Sie blickte noch einmal kurz in den Spiegel, strich sich eine Haarsträhne hinter ihr Ohr und sagte dann: „Ich muss jetzt endlich los". Dann schlüpfte sie in ihre Jacke, schnappte ihre Tasche und war schon zur Tür hinaus.

Zurück in der Küche goss sich Josip noch eine Tasse Kaffee ein, während er überlegte, was er mit seiner freien Zeit anfangen sollte. Er könnte das Wohnzimmer streichen und Ana damit überraschen. Aber das müsste gut vorbereitet sein, damit er das auch an einem Tag schaffen konnte. Am besten, er schaute zuerst im Keller nach, was er an Material hatte und was er besorgen müsste. Dabei könnte er gleich den Wäschekorb mit hinunternehmen und die Wäsche in die Maschine geben.

Ronnies zweiter Tag im Haus

Ronnie hätte nie gedacht, dass er sich so einsam fühlen könnte. Warum war er nicht erleichtert? Er brauchte keine Angst mehr zu haben, keiner würde ihn prügeln, keiner ihn mobben. Tatsache war, dass er kein Zuhause und keine Familie mehr hatte. Wie sollte er nur allein leben, er war schließlich noch ein Kind? Doch genau das würde er jetzt müssen.

Wenn seine Großeltern nicht vor zwei Monaten nach Norddeutschland gezogen wären, hätten sie ihn vielleicht aufgenommen. Aber sie hatten sich ihren Traum verwirklicht und ein kleines Haus in Ostfriesland gekauft. Wie es bei ihm zu Hause zuging, wussten sie nicht. Er hatte nie darüber gesprochen, weil er sich geschämt und Angst vor den Folgen hatte.

Sie waren die einzigen Menschen, bei denen er spürte, dass sie ihn mochten. Er sah seine kleine und zierliche Großmutter vor sich. Ihre kurzen Haare hatten immer den gleichen Schnitt und auf unerklärliche Weise wirkte sie zeitlos. Zwar waren ihre Haare mit den Jahren ein wenig grauer und ihre Lachfältchen ein wenig tiefer geworden, aber abgesehen davon war sie ein gleichbleibend freundlicher Mensch. Ihre besonderen meergrünen Augen strahlten immer, sobald sie Ronnie sah. So als ginge die Sonne auf. Daran änderte auch ihre farblose Kleidung nichts, und dass sie manchmal eine Tomatensuppe kochte, vor der ihm ekelte. Sie kochte sie aus selbst gezogenen Tomaten aus ihrem Garten, ohne die harte Schale zu entfernen. Sie schwammen in kleinen roten Fetzen in der Suppe und wollten in seinem Mund einfach nicht nach unten rutschen. Aber er traute sich nie, ihr das zu sagen. Sein Vater hatte ihm eingeschärft, dass man isst, was auf den Tisch kommt.

Zu sagen, dass etwas nicht schmeckt, war unhöflich. Also würgte er die Suppe samt Schale herunter und hoffte, dass der Teller schnell leer wurde, aber wiederum nicht zu schnell, denn sonst wäre der Eindruck entstanden, dass er noch hungrig sei, und er wäre mit einem zweiten Teller beglückt worden.

Sie machte gerne kleine Ausflüge mit ihm, bei denen sie ihm zum Beispiel erklärte, dass Johanniskraut bei Sonnenbrand half. Am Bahndamm sammelten sie große Büschel mit gelben Blüten. Zu Hause gingen sie mit den Pflanzen auf den Dachboden, um sie mit Öl in einem großen Glaskolben anzusetzen. Es schien, als wüssten ihre Hände genau, was sie zu tun hatten, denn sie bewegten sich ohne jedes Zögern. Nach wenigen Tagen entwickelte der Sud eine dunkelrote Farbe, die wunderbar leuchtete, wenn die Sonne durch das Dachfenster schien.

Oft hielten sie sich in ihrem Kleingarten auf, den sie oben am Buchwald von der Stadt gepachtet hatten. Ronnie liebte nicht nur die Beete mit den Blumen darin und die Obstbäume oder die Beerensträucher, sondern vor allem das Gartenhaus, in dem alles war, was man zum Leben brauchte. Ein Tisch, ein paar Stühle, sogar ein Bett mit dicken Federkissen. Wie schön wäre es, allein in einem solchen Häuschen zu leben, träumte er manchmal.

Nahe bei dem Garten war der Wald, und sie ließ ihn einfach ziehen, vertraute darauf, dass er sich dort nicht verlaufen und am Ende den Weg nach Hause schon wiederfinden würde. Ihr Vertrauen in ihn tat gut. Falls sie sich auch ein wenig sorgte, hatte sie das zumindest gut verborgen.

Auch sein Opa war ein liebevoller Mensch. Ronnie wusste nicht, ob er ahnte, wie es bei ihnen zu Hause zuging. Manchmal vermutete er es. Er brauchte nur an sein erstes Konzert zu denken.

Zu seinem 14. Geburtstag hatten sie ihm eine Konzertkarte geschenkt und er hatte keine Ahnung, was ihn erwartete. Rock- oder Popkonzerte hatte er im Fernsehen gesehen, aber es sollte ein klassisches Konzert sein. *Na ja*, hatte er gedacht, *warum nicht?* Und dann das.

Es begann mit den Vier Jahreszeiten von Vivaldi. Wenn er geglaubt hatte, dass er sich langweilen würde, hatte er sich gründlich geirrt. Es dauerte nicht lange und er war vollkommen gebannt. Er hörte Dinge, die man eigentlich nur sehen konnte. Hörte, wie sich die Knospen der Bäume entfalteten, wie die Vögel durch den Wald flogen und in ihren Nestern zwitscherten, hörte, wie die Luft im Sommer flirrte und wie im Herbst die Blätter in sanftem Schwung von den Bäumen fielen und die Welt zur Ruhe kam. Ja, er hörte sogar eine Schlittenfahrt im Winter. Diese Musik ließ auf geheimnisvolle Weise Bilder in seinem Kopf entstehen. Er wusste nicht, wie ihm geschah.

Seine Gefühle schwappten über, als würden sie aus einem tiefen Brunnen befreit. Er spürte gleichzeitig unbändige Freude und unerträglichen Schmerz. Dabei hatte er in den vergangenen Jahren keine Träne mehr vergossen. *Wegen diesem Arsch weine ich nicht mehr*, war sein Mantra. Es half, den Schmerz, die Trauer und die Wut nicht mehr zu fühlen. Aber das galt auch für die Freude. Man kann nur entweder alles fühlen oder nichts. Er hatte sich für das Nichts entschieden, aber das funktionierte nun plötzlich nicht mehr.

In der Pause rannte er auf die Toilette, ohne etwas zu sagen. In der Kabine biss er die Zähne aufeinander, weil er sonst vermutlich geheult hätte wie ein Wolf, und er hätte nicht mehr aufhören können. Zum Glück fiel ihm ein, was Oma früher einmal gesagt hatte: Einatmen und ausatmen. Vielleicht zehnmal atmete er laut und geräuschvoll ein und aus, bis er wieder zur Ruhe kam.

Opa hatte ihn schon vor der Toilette erwartet und blickte ihn sorgenvoll an. „Alles in Ordnung mit dir?", fragte er und sah ihm prüfend in die Augen. Ronnie gab sich cool. „Ja klar", antwortete er mit leicht brüchiger Stimme. „Ich musste nur ganz dringend auf die Toilette."

Opa zögerte einen Moment und legte ihm dann den Arm um die Schulter. „Die haben wunderbar gespielt", versuchte er Ronnie ins Gespräch zu ziehen. Der konnte nur nicken und schweigend mit ihm zurück zu seinem Platz gehen.

Seit diesem Erlebnis war klassische Musik erst recht eine feste Größe in seinem Leben geworden, denn er fühlte sich von ihr umarmt und getröstet und war fasziniert von der Schönheit, die sie ihm zeigte. War ihm die Welt zuvor wie ein einziger hässlicher Ort vorgekommen, so entdeckte er mithilfe der Musik, dass sie im Grunde schön war. Dass man sich nur auf sie einlassen musste. Darauf wollte er nie mehr verzichten, egal ob seine Klassenkameraden ihn verspotteten oder nicht. Wie man es mit einer heimlichen Liebe tut, vertraute er sich niemandem an. Sollten die anderen ruhig Hip-Hop, Techno, Taylor Swift oder was auch immer hören. Er mochte all das auch, aber er wollte weder auf die Freude verzichten noch auf den Trost, den ihm diese neu entdeckte Musik gab. Denn was für ein Wunder, sie tröstete ihn beinahe immer, auch jetzt.

Endlich holte er seine Papiere, Stifte und Radiergummi aus dem Rucksack und stellte ein paar Weckgläser auf den Tisch. Dann begann er zu zeichnen. Nachdem er die erste Linie gezogen hatte, konzentrierte er sich vollkommen auf das, was er sah. Er fokussierte die Formen, Licht und Schatten. Er war ein genauer Beobachter. Wenn er zeichnete, vergaß er alles um sich herum – die Zeit, die Schule, sein ganzes Elend, einfach alles.

Schon bald breitete sich ein wohliges Glücksgefühl in ihm aus, als das Bild Formen annahm. Immer wieder ließ er den Blick darüber schweifen. Als er die erste Zeichnung beendet hatte, schaute er nach weiteren Motiven und rückte in einem Regal einige Gläser nach vorn. Ein Zeichen an der Wand erweckte seine Aufmerksamkeit. Er konnte nichts damit anfangen, aber es sah interessant aus, also zeichnete er auch das. בית

Nach einer Weile hatte sein Bauch zu rumoren begonnen. Seine kargen Vorräte waren beinahe aufgegessen. Wie könnte er nun an Essen kommen? Vielleicht könnte er eines der Gläser öffnen? War der Inhalt noch genießbar? Der Staub auf den Deckeln ließ ein gewisses Alter vermuten. Egal, er musste etwas essen, nur was? Wenn er draußen auf die Suche ginge, war sein Versteck dahin. Den Trick mit der Post konnte er nicht noch einmal anwenden.

Ein Glas, das würde wohl nicht auffallen. Aber welches sollte er nehmen? Er schloss die Augen und deutete blind mit dem Zeigefinger irgendwohin. Aha, Mirabellen, warum nicht? Nur einfach war das nicht. Als er an dem Gummi zwischen Glas und Deckel zog, brach der erst einmal ab, so mürbe war er bereits. Er nahm einen Schraubendreher zu Hilfe, und endlich gelang es. Er aß mit den Fingern, denn Besteck hatte er keines. Den Rest schüttete er sich in den Mund und wischte sich anschließend mit dem Ärmel den Saft von den Mundwinkeln.

Und nun? Die Kartons machten ihn neugierig. Er holte einen Karton herunter, er war kleiner und leichter als die anderen, und öffnete ihn. Bücher! Lauter Bücher. Er nahm das oberste: Alexander Tolstoi, Anna Karenina, stand auf dem Titelblatt. Gleich der erste Satz sprang ihn an *„Alle glücklichen Familien gleichen einander, jede unglückliche Familie ist auf ihre eigene Weise unglücklich."*

Von Familie wollte er nichts wissen. Unglück hatte er selbst genug, darüber musste er nicht lesen. Als hätte es seine Finger verbrannt, schlug er das Buch zu und legte es zurück in den Karton. Lieber las er das Buch von Oma. Er wickelte sich in seinen Schlafsack auf dem Boden und vertiefte sich in die Geschichte.

Eine Entdeckung

Als Josip um 8:00 Uhr aus der Wohnungstür trat, kam ihm Mariana Finkeisen entgegen. „Hallo Josip", sagte sie verlegen. „Lange nicht gesehen."

„Stimmt", antwortete Josip. „Trifft sich gut, dass wir uns hier begegnen. Ich wollte dich und Frieder heute Abend auf ein Glas Wein einladen. Habt ihr Zeit?"

„Ich habe Zeit, ja." Nach einer kurzen Pause fügte sie hinzu: „Frieder gibt es nicht mehr hier." Sie sagte es mit einem bitteren Unterton in der Stimme.

„Oh!" Josip war betroffen. „Was ist passiert?"

„Sei mir nicht böse, ich bin in Eile, aber ich kann euch gerne heute Abend alles erzählen."

„Ja klar. Dann bis heute Abend."

Nachdenklich sah Josip ihr nach, dann drehte er sich um und ging in den Keller, um die Wäsche in die Waschmaschine zu laden. Er wollte gerade die Tür zur Waschküche öffnen, als sein Blick von etwas angezogen wurde. Auf der rechten Seite des Ganges war etwas anders als sonst. Die Bücherkartons waren leicht verrückt, so als hätte sich jemand einen Durchschlupf zurechtgeschoben. Und im Staub auf dem Fußboden sah er Spuren von Schuhsohlen, mindestens Größe 43. „Ist da jemand?", rief er in den dunklen Raum. Alles blieb still. Aber das wollte er nun genauer wissen. Da er wegen der Bücherkisten den Lichtschalter nicht erreichen konnte, holte er aus seinem Kellerraum eine Taschenlampe und leuchtete mit ihr durch die Lücke. Da lag ein Schlafsack in der Ecke! „Nanu", sagte er, dann rief er nochmals: „Ist da jemand?" Wieder blieb alles still. Er schwenkte die Lampe, um den Rest des Raumes zu erhellen. Da war doch jemand! Ein Junge, vielleicht 15 Jahre alt, saß am Tisch und hielt sich die Hände vors Gesicht, um die Augen vor dem grellen Lichtstrahl zu schützen.

Josip richtete die Lampe nach oben, sodass sie nicht mehr blendete. „Wer bist denn du?", fragte er und schaute ihn sich genauer an. Er hatte dunkle Haare, die ihm beinahe über die Schulter fielen. Sie hatten sicher schon längere Zeit keinen Friseur und kein Shampoo gesehen. Seine Kleidung war schmutzig, neben sich hatte er einen Rucksack liegen, und in der Hand hielt er einen Stift. Ein Straßenjunge.

„Wie bist du denn hier reingekommen?", fragte er.

„Durch die Lücke zwischen den Kartons."

„Ja, das sehe ich! Aber wie bist du in diesen Keller gekommen?"

„Die Tür war offen."

„Na, sehr gesprächig bist du nicht gerade. Am besten, du kommst erst einmal heraus!"

Der Junge zögerte.

„Was ist? Willst du hier übernachten? Hier kannst du nicht bleiben", forderte Josip ihn auf.

„Werden Sie mich auch nicht der Polizei übergeben?"

„Wieso der Polizei? Hast du etwas ausgefressen, Junge? Wie heißt du denn?"

„Ich habe ein Glas Mirabellen gegessen", sagte der und schaute schuldbewusst zu Boden.

„So, so, na dann", schmunzelte Josip.

„Ich hatte solchen Hunger. Bitte, rufen Sie nicht die Polizei!", flehte der Junge. „Ich heiße Ronnie."

„Und wie weiter?"

„Ronnie Glasowsky", antwortete er unwillig.

„Guten Morgen, Ronnie. Ich mache dir einen Vorschlag. Du packst deine Sachen und kommst mit mir nach oben. Ich mach' dir ein ordentliches Frühstück, und die Polizei brauchen wir nicht", beruhigte er, als Ronnie erneut keine Anstalten machte, diesen Ort aufzugeben.

„Das Versteck hier brauchst du auch nicht mehr. Wir finden eine andere Schlafgelegenheit. Ich bin Josip."

Ronnie stand langsam auf und folgte ihm, nachdem er den Inhalt seines Rucksacks zusammengepackt hatte. „Warte kurz hier, ich muss eben noch die Waschmaschine in Gang setzen", meinte Josip und öffnete die Tür zur Waschküche. Während er die Wäsche in die Maschine stopfte und das Waschpulver einfüllte, behielt er Ronnie fortwährend im Blick. Der Junge sollte nicht verschwinden, ohne dass Josip seine Geschichte kennenlernen konnte.

Ronnie und Josip

Zögernd betrat Ronnie die Wohnung. Wer war der Mann? Würde er ihm tatsächlich ein Frühstück machen, oder würde er gleich die Polizei anrufen? Woher sollte er wissen, wem man vertrauen konnte, wenn er nicht einmal seinem eigenen Vater vertraute?

Er sah sich um. In dem langen und schmalen Flur stand nichts außer einer weißen Kommode mit einem Spiegel darauf und einer Vase mit frischen Tulpen. Daneben befand sich eine Garderobe und auf der anderen Seite der Kommode hingen zahlreiche Kinderzeichnungen an der Wand. Manche auffallend bunt und großzügig gemalt, andere eher verhalten mit Stiften gezeichnet. Es gab einige, auf denen ein Erwachsener daneben geschrieben hatte, was es war: „Mein Hund Molly", oder „Papa und Mama".

Josip führte ihn ins Wohnzimmer, auch hier war alles hell möbliert und grün: Auf den Fensterbrettern wetteiferten Grünpflanzen mit Orchideen. Es wuchsen sogar Kräuter wie Basilikum und Rosmarin. An einer Wand hing ein Kalender und auf dem Blatt für April war eine Straße am Meer zu sehen.

„Kroatien", sagte Josip. „Unsere Heimat.

Er ging mit Ronnie in die geräumige Küche, die genug Platz für einen Tisch und vier Stühle bot. „Setz dich", sagte er und stellte alles auf den Tisch, was er im Kühlschrank fand, und sah Ronnie beim Essen zu. „Du hast wohl in letzter Zeit nicht viel zu essen bekommen, was?", lächelte er, denn Ronnie stopfte Brot, Käse, Wurst und Marmelade in sich hinein. Nachdem er auch noch die letzten Krümel vom Teller gepickt hatte, wollte Josip wissen, warum er sich hier versteckt hatte.

Zuerst wollte Ronnie nicht reden. Erst, nachdem Josip nochmals versichert hatte, dass er die Polizei nicht einschalten werde, brach es aus ihm heraus.

„Ich kann nicht mehr nach Hause, ich habe meinen Vater im Keller eingesperrt. Wenn ich nach Hause komme, bringt er mich um!"

„Übertreibst du da nicht ein wenig? Wieso hast du das denn gemacht?"

Ronnie schwieg.

„Du musst es mir nicht erzählen. Aber du hattest sicherlich gute Gründe. Du siehst jedenfalls nicht so aus, als würdest du so etwas aus Jux und Tollerei tun."

Ronnie zog den Brief aus seinem Rucksack und knallte ihn auf den Tisch. „Deshalb."

Josip sah ihn fragend an. „Soll ich ihn lesen?"

„Wenn ich meinem Vater den Brief gegeben hätte, hätte er getobt", sagte Ronnie und schob den Umschlag wortlos näher zu Josip hin.

Langsam öffnete er ihn und schaute dabei immer wieder zu Ronnie, als ob er sich vergewissern wollte, dass es wirklich das war, was er wollte. Aber Ronnie nickte und wartete ab.

„Ihr Sohn hat sich heute mit mehreren Klassenkameraden geprügelt, wobei er einem Jungen die Nase blutig schlug. Wir bitten um ein gemeinsames Gespräch! Bitte kommen Sie am Montag um 9:30 Uhr ins Rektorat! Hm."
Josip kratzte sich am Kopf. „Ich bilde mir ein, dass ich eine gute Menschenkenntnis habe. Und du wirkst auf mich nicht gewalttätig. Was ist passiert?"

Ronnie schilderte, was dem Streit vorausgegangen war, und dass er es einfach nicht mehr ausgehalten hatte, nur das Opfer zu sein.

Es war, als wäre all die Scham von ihm abgefallen, die ihn bisher daran hinderte, mit irgendjemandem über sein

Zuhause zu reden. Die Worte purzelten nur so aus seinem Mund und er erzählte von den Alkoholexzessen seines Vaters und davon, wie der seine Mutter beinahe jedes Mal verprügelte, wenn er aus der Kneipe kam. Und dass auch er Prügel abbekam, wenn er versuchte, sich schützend vor seine Mutter zu stellen. „Und als er mich zwang, mit ihm in den Keller zu gehen, um noch mehr Wein zu holen, habe ich die Kellertür abgeschlossen, den Schlüssel abgezogen und bin abgehauen. Ich will nie, nie, nie mehr dorthin zurück".

Josip schwieg, dann sagte er:

„Du bleibst jetzt erst einmal hier, dann sehen wir weiter." Ronnie fragte sich, ob er das wirklich ernst meinte. Aber es sah nicht so aus, als würde Josip scherzen. Dann fügte er noch hinzu: „Mit der Zeit werden wir eine Lösung finden, denn du musst ja auch in die Schule gehen können."

„Aber da finden sie mich doch!", rief er aufgeregt.

„Bleib ruhig, mein Junge. Wie gesagt, wir werden eine Lösung finden. Jetzt überlegen wir erst einmal, wo du die nächsten Tage verbringen kannst. Ich hätte eine Idee, aber die muss ich erst mit Ana, meiner Frau, besprechen."

„Kann ich nicht einfach im Keller bleiben? Da findet mich keiner!"

„Ich hab' dich schließlich auch gefunden, und die Waschküche wird von vielen Parteien benutzt. Das ist also keine Lösung."

„Und wenn ich einfach auf dem Sofa schlafe?", fragte Ronnie.

„Ich glaube, ich weiß da etwas Besseres. Aber Ana muss damit einverstanden sein", beharrte Josip. „Bis dahin kannst du erst einmal hier im Wohnzimmer bleiben."

Er sah Ronnie an, dann meinte er: „Du hattest bestimmt keine Dusche heute Morgen. Magst du erst einmal unsere benutzen?"

„Nein, passt schon", wehrte Ronnie ab und hielt sich dabei die Arme dicht vor den Körper. Josip sah ihn kurz an, aber Ronnie konnte diesen Blick nicht deuten.

Ana Szafransky überrascht

Was für ein Tag, dachte Ana, als sie um 17 Uhr von der Arbeit nach Hause kam. Sie liebte ihren Beruf als Erzieherin, aber je länger sie ihn ausübte, desto anstrengender empfand sie ihn. Die Lautstärke der Kinder, die Klagen der Eltern. Heute war sie mit den Kindern zweitweise allein gewesen. Zwei der Kinder hatten miteinander gestritten, was damit endete, dass Marco mit einem Werkzeug für Mosaiksteine nach dem anderen Jungen geworfen hatte. Er hatte nur knapp dessen Auge verfehlt. Sie wollte sich gar nicht vorstellen, was passiert wäre, wenn Marco ihn getroffen hätte. Ausgerechnet Marco, der ihr Liebling war, obwohl sie das natürlich niemals zugegeben hätte. Aber sie mochte ihn, denn er hatte Charme. „Wenn ich groß bin, heirate ich dich", sagte er neulich und warf sich in ihre Arme. Leider war er auch sehr spontan, manchmal zu spontan.

Und dann Elena. Sie war neu in der Gruppe und saß nur weinend in der Ecke. Anas Versuche, sie abzulenken, blieben erfolglos. Und diese merkwürdigen Geschichten von Schlangen, die sie immer erzählte. Was hatte das zu bedeuten? Sie müsste mal mit der Mutter reden.

Die abendliche Ruhe hatte sie sich also mehr als verdient. Hoffentlich hatte Josip etwas gekocht, dann könnte sie nach dem Essen einfach die Füße hochlegen und sich einen Film auf Netflix ansehen.

Doch am Esstisch saß ein fremder Junge und begrüßte sie unsicher, während er gleichzeitig Hilfe suchend zu Josip blickte, der am Herd stand und das Abendessen vorbereitete.

„Na, wer bist du denn?", fragte sie verwundert.

„Das ist Ronnie", klärte Josip sie auf.

Und während er ihr erzählte, wie er ihn gefunden hatte und was er über sein Leben davor wusste, betrachtete sie den Jungen unauffällig. Was für ein Häufchen Elend. Er saß mit eingezogenem Kopf am Tisch und wagte es kaum, sie anzusehen. Die beginnende Pubertät war kaum zu übersehen. Jedenfalls machte sich auf seiner Oberlippe ein leichter Flaum bemerkbar, während sein Gesicht gleichzeitig weich und kindlich erschien. Er trug fleckige Kleidung und seinen Haaren fehlte ein Haarschnitt.

„Ich würde ihm gerne das Zimmer von unserem Leon geben," riss Josip sie aus ihren Gedanken. Offensichtlich fürchtete er ihren Einwand und blickte sie bittend an. „Wir finden bestimmt noch eine andere Lösung. Aber für den Moment wäre es sicher das Beste. Leon hätte sicher auch Freunde, die hier schlafen würden."

Ana wollte schon aufbrausen und sich schützend vor die Tür zum Kinderzimmer stellen. Um zu verhindern, was sie für das Schlimmste hielt, seit sie vor sieben Jahren ihr Kind verloren hatten. Aber dieser Junge, der da an ihrem Küchentisch saß und sie mit großen Augen anblickte, so ängstlich und gleichzeitig voller Hoffnung, weckte ihr Mitgefühl. *So hätte einmal mein Junge sein können, wenn er am Leben geblieben wäre*, dachte sie, *so verletzlich und voller Erwartung*. Ihre Empörung fiel in sich zusammen wie ein Gerüst ohne Halt. Ronnie brauchte nicht nur Hilfe, sondern vor allem Zuneigung und Sicherheit, und sie wäre nicht Ana, wenn sie ihr Herz nicht dafür öffnen würde.

„Es ist ohnehin an der Zeit, dass dieses Zimmer benutzt wird wie ein normaler Raum", sagte sie also und machte Josip damit sprachlos. All die Jahre war dieses Thema zwischen ihnen ein Tabu gewesen. Als er das erste Mal davon gesprochen hatte, das Zimmer für etwas anderes zu nutzen, anstatt es als Altar für ein Ungeborenes beizubehalten, hatte sie ihn angeschrien und ihm mit Tränen in den Augen vorgeworfen, dass er ihr gemeinsames Kind gar nicht hätte haben wollen. Sie wusste, dass es nicht stimmte. Doch sie war nicht mehr sie selbst, sobald dieser ungeheure Verlust ins Zentrum ihres Denkens geriet.

„Hast du in deinem Rucksack noch frische Kleidung?", fragte sie Ronnie. Er verneinte. „Meinst du, Mariana hat noch Kleidung von ihrem Sohn?", fragte sie zu Josip gewandt. „Ich weiß es nicht, aber wir können sie fragen, wenn sie heute Abend vorbeikommt."

„Auf jeden Fall braucht der Junge eine Dusche und was zu essen. Du hast sicher Hunger?", wandte sie sich nun zum ersten Mal direkt an Ronnie, und dieser nickte.

Ana ging ins Schlafzimmer und holte ein Badetuch aus dem Schrank. „Du hast noch ein wenig Zeit, bevor wir essen", meinte sie und drückte es Ronnie in die Hand. „Shampoo und Duschgel findest du in der Dusche. Nimm dir einfach, was du brauchst. Keine Sorge, wir warten mit dem Essen auf dich", fügte sie noch hinzu, als Ronnie zögerte. Seine Zurückhaltung hatte möglicherweise andere Gründe als Angst, nicht rechtzeitig zum Essen zu kommen. Aber sie wollte gar nicht erst irgendwelche Gedanken bei ihm aufkommen lassen, die ihn beunruhigten. Schließlich traute er sich, mit dem Handtuch im Bad zu verschwinden.

Josip hatte bereits mit dem Kochen begonnen. Er war zwar kein begnadeter Koch und kannte nur ein paar Gerichte, die er in kurzen Abständen wiederholte, und am liebsten kochte er etwas mit Nudeln. Auf dem Herd stand eine Pfanne mit Schinkennudeln und er bereitete gerade die Salatsoße zu. Allerdings war Ana damit nicht zufrieden, obwohl sie sonst gerne aß, was auf den Tisch kam.

„Lass mal", sagte sie und ging zur Gefriertruhe. „Heute gibt es richtiges Essen!"

„Aber du bist doch sicher müde, lass uns einfach die Nudeln essen, sie sind gleich fertig", versuchte Josip sie zu bremsen.

„Ja, die können wir dazu essen", beruhigte sie ihn und holte für jeden noch eine gefüllte Paprika aus der Truhe, legte sie auf einen Teller und erhitzte sie in der Mikrowelle.

Als Ronnie frisch gewaschen aus der Dusche kam, stand das Essen bereits dampfend auf dem Esszimmertisch. Sie hatten gerade die erste Gabel in den Mund geschoben, als es klingelte. „Das ist sicher Mariana", erklärte Josip. Er stand auf, ging zur Tür und kam mit ihr zurück ins Esszimmer. Ana hatte ihr schon einen Teller hingestellt. „Magst du mit uns essen?" Mariana war verlegen. Mit so viel Freundlichkeit hatte sie wohl nicht gerechnet.

Als sie sich an den Tisch setzte, wies Josip auf Ronnie und sagte: „Darf ich dir Ronnie vorstellen? Er wird in der nächsten Zeit bei uns wohnen. Seine Mutter ist krank und kann sich nicht um ihn kümmern".

Ja, dachte Ana, *jemand, der sich schlagen lässt und sein Kind nicht schützt, sondern sich selbst von seinem Kind schützen lässt, ist auf eine bestimmte Weise nicht wirklich gesund.*

Mariana begrüßte Ronnie und wandte sich dann an Ana und Josip: „Danke für die Einladung."

„Mariana wohnt gegenüber. Ihr Sohn ist ein paar Jahre älter als du und studiert Kunst in München."

Ronnie, der bis dahin Mariana verstohlen gemustert hatte, wurde hellwach. „Kunst? Zeichnet er? Oder was macht er?"

„Er will sich auf Wandmalerei spezialisieren. Hast du auch Interesse an Kunst?", fragte Mariana.

„Ich zeichne gern!"

„Oh, dann musst du mal vorbeikommen, wenn Tom wieder da ist. Wenn du etwas dabeihast, kannst du es ihm zeigen. Oder du kommst vorher schon mal und schaust dir an, was er in unserem Bad gemalt hat. Es ist wunderschön."

„Wann kommt er wieder?", wollte Ana wissen.

Mariana zog die Schultern hoch: „Keine Ahnung, vielleicht braucht er frische Wäsche, dann wird er sicher vorbeikommen", sagte sie und schmunzelte dabei.

„Apropos Kleidung", hakte Ana nach. „Du hast nicht zufällig noch alte Sachen von Tom? Ronnie hat nur eine kleine Ausstattung dabei."

„Ja, habe ich. Beim Renovieren habe ich zwar alles aussortiert, was er nicht mehr braucht, aber ich bin noch nicht dazu gekommen, die Sachen zur Altkleidersammlung zu geben. Sie sind modisch nicht mehr auf dem neuesten Stand", lachte sie. „Ich kann die Tüte nachher vor die Tür stellen, oder ich bringe sie einfach vorbei."

Offensichtlich genoss Ronnie das friedvolle Zusammensein, denn zusehends entspannte er sich auf seinem Stuhl und folgte ihrem Gespräch. Manchmal traute er sich auch Ana kurz in die Augen zu schauen oder Mariana anzulächeln. Ana und Josip tauschten über den Tisch hinweg einen wissenden Blick aus. Er schien langsam müde zu werden. Seine Augen fielen ihm immer wieder zu. Irgendwann fiel es auch Ana und Josip auf, dass Ronnie immer stiller wurde.

Mariana hatte sich bereits verabschiedet, da bat Ana Ronnie, mit ihr zu kommen. Sie öffnete die Tür zu einem Zimmer, das er bisher nicht gesehen hatte. „Darin kannst du schlafen. Es sollte das Zimmer unseres Kindes werden. Aber das sollte wohl nicht sein."

In dem Zimmer stand alles darin, was ein Kind brauchte: ein Kinderbett, über dem ein Mobile aus bunten Vögeln im Windhauch der geöffneten Tür vor sich hin schwang, eine Kommode mit einer Wickelauflage. Auf einem kleinen Sofa lagen ein paar Plastikbausteine und ein Bilderbuch, ebenfalls aus Plastik. Im Kinderbett saß noch ein Teddy, und das wars. Was war wohl mit dem Kind geschehen?

Josip war inzwischen dazugekommen: „Du kannst einfach das Sofa ausziehen und heute Abend darauf schlafen." Dabei drückte er ihm Bettzeug in die Hand und wünschte ihm eine gute Nacht.

Nachts

Ronnie lag in seinem Bett. Was für ein Tag! Beim Aufwachen war er noch völlig ohne Hoffnung gewesen und nun erwartete er den kommenden Morgen mit Neugier. Er wollte sich lieber nicht zu sehr freuen, denn es könnte alles wieder ganz schnell vorbei sein.

Vielleicht könnte es aber auch endlich einmal gut werden.

Er hatte gesehen, wie Ana und Josip miteinander umgingen. Bei ihnen spürte er keine unterdrückte Wut, vor der man sich hüten musste wie bei seinem Vater. Zuhause mussten er oder seine Mutter ständig mit Geschrei und Prügel rechnen, sobald sie etwas sagten, was nicht in das Weltbild seines Vaters passte. Er war wie ein Vulkan, der jederzeit ausbrechen konnte. Ein Widerspruch reichte und er explodierte. Manchmal spürte Ronnie die Prügel schon, bevor er sie erhielt. Allein die Drohung hatte am Ende ausgereicht, um die Schmerzen an seinem Rücken zu fühlen.

Nein, Josip und Ana waren anders: Sie sahen sich an, während sie miteinander sprachen, und er glaubte, in ihren Augen so etwas wie Freude zu sehen. Manchmal legte einer die Hand auf den Arm oder die Schulter des anderen. Ohnehin hatte er den Eindruck, dass Josip ein Mensch war, den nichts so leicht aus der Ruhe bringen konnte. Er hatte beinahe immer ein leichtes Lächeln im Gesicht, wirklich nur klein. Seine Mundwinkel waren meist leicht nach oben gezogen, so als wäre das sein natürlicher Gesichtsausdruck. Unter Josips Augen bildeten Lachfältchen einen Strahlenkranz. Nur einmal hatte er ein wenig die Augenbrauen hochgezogen, als er Ana erklärte, dass Ronnie in diesem Zimmer schlafen könne. Seine Mundwinkel hatten sich dabei etwas nach unten bewegt, so als erwarte er Ärger, der aber nicht eintrat.

Ich glaube, Ana werde ich mögen, dachte er. *Hoffentlich mag sie mich auch.* Auch sie hatte immer ein Lächeln im Gesicht. Sie lächelte bestimmt nicht aus Höflichkeit, wie seine Mutter es tat. Ihre Freude schien direkt aus ihrem Inneren zu kommen. Aber er sah auch eine Traurigkeit, von der er nicht wusste, wo sie herkam. Vielleicht hing das mit ihrem Kind zusammen.

Er wünschte, seine Mutter wäre wenigstens ein bisschen so wie Ana. Ana würde niemals ihre Verletzungen überschminken, die ihr ein anderer zugefügt hätte. Sie würde ihn wahrscheinlich anzeigen und rauswerfen. Das war es, was er sich von seiner Mutter seit langem, aber vergeblich wünschte.

Kurz vor dem Einschlafen ging ein Zucken durch seinen Körper. Warum musste er gerade jetzt daran denken? Diese Erinnerung hatte er lange in irgendein dunkles Verlies in seinem Gehirn gesperrt, jetzt brach sie daraus hervor, als sei es gestern erst geschehen. Dabei war es schon einige Jahre her.

Er hatte in seinem Zimmer Musik gehört, als aus dem Wohnzimmer lautes Geschrei zu ihm drang. Er war rausgekommen, um zu sehen, was los war und hörte seinen Vater brüllen: „Du hast mir gar nichts zu sagen, du Miststück!" Er stand mit erhobenen Fäusten und rot angelaufenem Kopf vor seiner Mutter, auf seiner Stirn schwoll eine Ader blau an. Ronnie stand wie gelähmt an der Tür zum Wohnzimmer. In seinem Kopf entstand ein Schrei: *Lass Mama in Ruhe!* Aber er wollte nicht heraus. So sehr er sich auch anstrengte, sein Mund blieb geschlossen. Sein Herz schlug einen wilden Rhythmus und seine Beine hatten vergessen, wie man sich bewegte.

Dann lief etwas warm und nass an seinen Beinen herunter und eine Lache bildete vor seinen Füßen einen kleinen See. Zunächst verstand Ronnie nicht, was passiert war. „Der Schisser hat sich in die Hose gemacht", höhnte sein Vater und schrie ihn an: „Komm her, du Würstchen, du brauchst wohl auch mal ne Tracht Prügel!" Aber Ronnie war immer noch wie hypnotisiert. Erst kurz bevor ihn sein torkelnder Vater erreicht hätte, kam er zu sich und flüchtete wieder in sein Zimmer. Mit zitternden Fingern schloss er die Tür ab und warf sich auf den Boden. Er hielt sich die Ohren zu, um nicht hören zu müssen, wie sein Vater gegen die Tür donnerte und seinen Namen schrie. Irgendwann wurde es ruhig. Ronnie wurde es kalt in seiner nassen Hose, aber er ekelte sich davor, sie anzufassen, um sie auszuziehen. Dann klopfte es leise an der Tür „Mach auf, Ronnie", bat seine Mutter. „Nein." Er fürchtete, dass sein Vater draußen wartete, um ihn zu prügeln, wie er es gesagt hat. „Mach auf, er schläft", bat sie ihn nochmals. Er schloss die Tür auf und erschrak - sie hatte einen großen blauen Fleck im Gesicht und einen am Arm. „Pst", machte sie, als er etwas sagen wollte. „Das wird schon wieder. Dein Vater hatte heute nur einen schlechten Tag bei der Arbeit. Morgen ist alles wieder gut", versicherte sie ihm.

Er ließ es wortlos geschehen, dass sie ihn auszog und unter die Dusche steckte. Beim Abendessen kaute er schweigend auf seinem Brot herum, aus Angst, seinen Vater aufzuwecken. Die ganze Zeit über saß er ganz vorn auf der Stuhlkante, um notfalls sofort weglaufen zu können.

Danach schien eine Zeit lang alles wieder normal zu sein – bis zum nächsten Mal. Und dann wurden die Abstände zwischen den Prügelattacken immer kürzer. Anfangs rannte Ronnie sofort in sein Zimmer, um nicht geschlagen zu werden. Eines Tages nahm er seinen ganzen Mut zusammen, warf sich zwischen seine Eltern und rief: „Bitte nicht,

Papa! Bitte, bitte nicht!" Der einzige Erfolg war, dass er nun ebenfalls Prügel bekam. So ging es nun schon seit Jahren.

Er hätte nicht sagen können, wieviel sein Vater täglich trank. Eine Flasche Wein oder mehr? Auf dem Boden der Speisekammer stand Flasche neben Flasche. Die vollen auf der einen, die leeren auf der anderen Seite. Seine Mutter versuchte, sie unauffällig zu entsorgen. Und nicht nur das: Nachdem sein Vater wegen seiner Trinkerei seinen Job verloren hatte, arbeitete sie noch mehr. Schließlich musste die Miete bezahlt werden und Essen gab es ebenfalls nicht umsonst. Ohne das Einkommen seines Vaters hätten sie auch ihre Wohnung verloren. Also suchte sich seine Mutter neben ihrem Job als Verkäuferin in einer Boutique noch einige Putzstellen. Mehrere Tage die Woche ging sie entweder vor oder nach ihrer eigentlichen Stelle bei einer anderen Familie putzen und verdiente so noch ein wenig Geld. Im Grunde arbeitete sie nicht nur, um den Lebensunterhalt zu finanzieren - ohne ihr Einkommen gäbe es auch keinen Alkohol für seinen Vater. Und zum Dank wurde sie verprügelt. Ronnie übernahm klaglos einige Hausarbeiten, entsorgte den Müll, kaufte ein, kochte hin und wieder einfache Gerichte. In der Zwischenzeit wurde seine Mutter immer bleicher und dünner. Er verstand nicht, weshalb sie blieb. Warum packte sie nicht einfach ihre Sachen und ging mit ihm weg? Ronnie hatte sie so oft darum gebeten, ihr versprochen, dass er bei ihr bleiben würde. Manchmal stimmte sie ihm sogar zu und meinte, dass es das Beste wäre, aber jedes Mal fügte sie hinzu: „Aber ich kann ihn nicht allein lassen, er hat sonst niemanden!" Ronnie hätte gerne gefragt: „Was ist mit mir? Ich habe auch niemanden außer dir!" Aber offensichtlich zählte er nicht. Spielte er überhaupt eine Rolle in ihrem Leben?

Die Tränen liefen ihm über die Wangen, und dieses Mal konnte er sie nicht wegatmen. Sie flossen unaufhörlich aus ihm heraus und nässten auch sein Kopfkissen. Erst nach langer Zeit schlief er ein.

Angekommen

„Hast du Lust, mir zu helfen?", fragte Josip am anderen Tag, als Ronnie mit dem Frühstück fertig war.

„Ja, klar! Wobei denn?" Ihn erstaunte die Frage.

„Ich möchte Ana eine Freude machen und das Wohnzimmer streichen. Aber dazu muss alles gut vorbereitet sein. Ich denke, ich habe alles im Keller, was ich brauche, nur mit der Farbe bin ich mir nicht so sicher. Ich habe Gelb ausgesucht und Weiß für die Decke. Was hältst du davon? Auf diese Wand hier könnten dann noch mehr solcher Kinderbilder kommen, Ana bekommt ständig welche geschenkt."

Ronnie musste schlucken. Er sollte ein Mitspracherecht haben? Zu Hause wurde er nie nach seiner Meinung gefragt. Meist entschied ohnehin sein Vater, was gemacht wurde. Wie es bezahlt werden sollte, interessierte ihn selten bis gar nicht. Manchmal fragte sich Ronnie, ob er wohl nie Schuldgefühle hatte, weil er allen anderen alles aufbürdete und selbst nichts tat als saufen und prügeln. Aber man konnte ja nicht in den Kopf eines anderen hineinsehen. Inzwischen war es ihm sowieso egal. Es war so, und er hatte sich daran gewöhnt. Er hätte ohnehin nichts daran ändern können.

Doch hier war seine Meinung offensichtlich willkommen. Hieß das, er könnte bleiben? Oh, er wünschte es sich so sehr. Beinahe hätte er vor lauter Freude die Antwort vergessen. Als er Josips Blick auf sich bemerkte, antwortete er:

„Gelb ist ganz schön kräftig. Ich glaube, es erschlägt die Bilder. Vielleicht würde ich nur eine Wand gelb streichen und die anderen weiß." Erst jetzt sah Ronnie den Farbmusterkatalog auf dem Tisch. Er blätterte ihn durch. „Man könnte auch eine gedämpfte Farbe nehmen, die die Bilder noch verstärkt. Schau mal." Er hielt eine blaugraue Farbkarte neben eines der Kinderbilder. „In der Staatsgalerie sind die Wände eher dunkelblau oder dunkelrot. Das sieht auch gut aus. Aber das wirkt bei großen Räumen natürlich anders als bei kleinen. Was gefällt denn Ana?"

„Die weiß nichts von ihrem Glück. Ich will sie überraschen. Wir haben nur allgemein darüber gesprochen, dass das Wohnzimmer mal wieder einen neuen Anstrich bräuchte. Aber ich weiß, dass sie Gelb liebt. Vielleicht machen wir es so, wie du es vorgeschlagen hast: Eine Wand Gelb, die anderen Weiß. Lass uns im Keller das Material zusammensuchen."

Josip stand auf und Ronnie folgte ihm in den Flur. Er band sich gerade die Schuhe zu, als es klingelte und Mariana mit einem großen Plastikbeutel vor der Tür stand. „Das ist für Ronnie", sagte sie und drückte Josip die Tüte in die Hand. „Ich hoffe, ihm gefällt etwas davon." Inzwischen stand Ronnie hinter Josip in der Tür, um sich zu bedanken. Als Mariana ihn sah, sagte sie: „Wenn du magst, kannst du abends mal vorbeikommen und dir die Wandmalerei von Tom ansehen." Schon im Gehen drehte sie sich nochmals um: „Ich könnte dir die Haare schneiden, wenn du magst. Ich schneide sie Tom auch immer, ich glaube, er war in seinem ganzen Leben ein einziges Mal beim Friseur. Das war, als er acht war, danach hat er sich geweigert, jemals wieder dorthin zu gehen." Sie lachte und zuckte dann mit den Schultern. „Irgendwann wird das vorbei sein", sagte sie, und ein leises Bedauern lag in ihrer Stimme.

„Ich überlege es mir noch", meinte Ronnie. „Aber die Malerei schau ich mir auf jeden Fall an. Danke, dass Sie mir das erlauben!"

Der Keller der Szafranskys war gut organisiert und das Material schnell zusammengestellt. Es gab eine Seite mit

Regalen, in denen leere und volle Gläser übersichtlich getrennt standen. Über dem Tisch, der auf der anderen Seite stand, hingen Bretter mit Haken an der Wand zur Ordnung der Werkzeuge. Ein Blick genügte, um zu finden, was man brauchte. Nur den Inhalt der Kartons, die an der Wand standen, konnte Ronnie nicht erkennen. „Meine alte Eisenbahn", erklärte Josip. „Ich habe sie für unser Kind aufgehoben, weil ich dachte, ich könnte mit ihm gemeinsam spielen. Das war ein Traum von mir. Aber es sollte wohl nicht sein." Seine Augen blickten traurig, als er nach dem Eimer mit Pinsel, Farbroller, Klebeband und dem Farbeimer griff. „Kannst du die Leiter nehmen?", bat er Ronnie.

Den Rest des Tages verbrachten sie damit, das Zimmer auszuräumen und mit Folien auszulegen. Sie reinigten die Wände, klebten die Kanten ab, strichen sie mit dem Pinsel, um anschließend mit der Farbrolle über die großen Flächen zu walzen. Ronnie hatte das noch nie gemacht. Zu Hause holte man den Maler, wenn etwas zu tun war. Josip zeigte ihm geduldig jeden einzelnen Schritt. Als Ronnie verstanden hatte, was er tun musste, ließ er ihn selbstständig arbeiten. Er schimpfte auch nicht, als Ronnie zu viel Farbe auf der Walze hatte und sie auf den Boden tropfte. „Dazu ist ja die Folie da", sagte er nur, als Ronnie ihn erschrocken angesehen hatte und erinnerte ihn nochmals daran, dass er die Farbe vor dem Auftragen abstreifen musste.

Mittags holte Josip die Reste vom Vortag aus dem Kühlschrank und stellte Käse, Oliven und Brot dazu. Sie aßen schweigend, es war ein angenehmes Schweigen. Danach arbeiteten sie weiter, bis alles wieder am Platz war. Zufrieden standen sie nebeneinander und sahen sich ihr Werk an. Beide strahlten und klatschten sich ab. Ronnie hatte selten so einen entspannten Tag erlebt. Mit seinen eigenen Händen hatte er erreicht, dass die Wohnung nun schöner war als zuvor. Er war müde und glücklich zugleich. Keine Drohung stand in der Luft, nicht einmal ansatzweise.

Ana

Ana war in beunruhigende Gedanken versunken, als sie am Abend nach Hause kam. Immer noch ging ihr das Gespräch mit ihrer Kollegin Kerstin durch den Kopf. Sie hatten nebeneinander im Hof gestanden, während die Kinder draußen spielten, und sich über Manuel unterhalten, darüber, ob die immer wiederkehrenden blauen Flecken auf seinem kleinen Körper auf häusliche Gewalt schließen ließen. „Was aus einem solchen Kind wohl später mal wird?", hatte Kerstin gesagt und von ihrem Freund erzählt, der als Bewährungshelfer gerade einen 16-jährigen betreute, der von zu Hause ausgerissen war. „Stell dir vor, dieser Junge, um den er sich kümmert, wurde zu Hause ständig geprügelt. Irgendwann ist er geflüchtet und hatte viel Glück. Er fand eine Familie, die sich um ihn kümmerte und wohnte bei ihnen. Sie waren gut zu ihm, das sagt er selbst. Trotzdem ist er im Knast gelandet!" Die Geschichte hatte verdammt viel Ähnlichkeit mit Ronnies Erlebnissen. Ana hatte ihr Erschrecken verborgen, so gut sie konnte und nur vorsichtig gefragt, was er angestellt hatte. „Er hat sich in eine Clique hineinziehen lassen, die kleine Diebstähle beging," erzählte Kerstin. Zum Glück wurden sie von einem heulenden Kind unterbrochen. Ana wollte das Gespräch auf keinen Fall vertiefen, sonst würde sie sich womöglich verraten. Aber dieses Beispiel ging ihr nicht aus dem Kopf. *Was, wenn Ronnie auch auf einen solchen Weg geriete? Könnten wir ihn davor bewahren? Würden wir es rechtzeitig merken? Sie würde aufpassen müssen, dass sie nicht aus Sorge jeden seiner Schritte überwachte!*

Während diese Gedanken in ihrem Kopf herumschwirrten, hing sie wie gewohnt den Mantel an die Garderobe. Sie wollte gerade die Türklinke zum Wohnzimmer herunterdrücken, als ihr auffiel, dass irgendetwas anders war als sonst, sie wusste nur nicht sofort, was es war. *Die Bilder,* dachte sie plötzlich, *es fehlen welche.* Sie schaute genauer hin. Sie waren auch neu angeordnet. Deshalb hatte sie es nicht gleich bemerkt. *Oh, das ist unverschämt,* ärgerte sie sich. *Was hat Josip mit den Bildern gemacht, oder war es Ronnie? Josip weiß doch, wieviel sie mir bedeuten. Wer hat das getan, und vor allem warum? Und weshalb ist kein Licht im Wohnzimmer? Ist Josip weggegangen? Wo ist Ronnie?'*

Eine leichte Unruhe ergriff sie. Als sie die Wohnzimmertür öffnete, ging im gleichen Augenblick das Licht an, und sie sah Josip und Ronnie, die nebeneinander auf dem Sofa saßen und sie anstrahlten. „Überraschung!" riefen sie im Chor und grinsten sie an. Sie musste erst langsam innerlich abrüsten, aber das Bild der beiden war zu schön. *Welch ein Anblick,* dachte sie. Aber welche Überraschung denn? Erst, als die Beiden gleichzeitig auf die Wand über dem Sofa starrten, bemerkte sie die Veränderung. Hier hingen auf einer strahlend weißen Wand die Bilder, die zuvor den Flur schmückten. „Ihr habt die Wände gestrichen", begeisterte sie sich. Die gegenüberliegende Wand leuchtete in exakt dem Gelb, das sie so liebte, die drei anderen Wände in einem frischen Weiß brachten den ganzen Raum zum Glänzen. „Da ist noch Platz für viele Bilder," erklärte Ronnie.

Ana war überwältigt. „Oh, wie ist das schön. Ihr macht mich glücklich." Sie konnte nicht verhindern, dass sich in ihren Augenwinkeln ein paar Tränen sammelten. Ronnie schien darüber erschrocken und sagte: „Oh nein, bitte nicht weinen!" „Ach Ronnie, das ist nur die Freude. Wie habt ihr das nur geschafft? Das war doch sicher eine Menge Arbeit." „Gute Planung ist alles", erklärte Josip schmunzelnd. „Außerdem hatte ich einen sehr begabten Gehilfen." Er klopfte Ronnie anerkennend auf die Schulter. Der wurde tatsächlich ein wenig rot.

Ana dachte kurz nach, dann sagte sie: „Aber etwas fehlt noch, ihr habt nicht zu Ende gedacht!" Die beiden schauten sich verwundert an und zogen die Schultern hoch. „Was fehlt?", wollte Josip wissen.

„Na ja, ein Bild von dir, Ronnie. Das wäre mir besonders wichtig. Du gehörst schließlich zu unserer Familie."

Ana hatte noch nicht zu Ende gesprochen, da drehte Ronnie sich abrupt um und verschwand in sein Zimmer.

„Hab ich etwas Falsches gesagt?", fragte sie verunsichert.

„Ich glaube, er wollte nicht zeigen, wie sehr ihn das berührt, was du gesagt hast."

„Ich werde wohl besser zu ihm gehen." Ana wollte sich gerade auf den Weg machen, da kam Ronnie wieder zurück. In der Hand hielt er eine der Zeichnungen von den Gläsern im Keller. „Für dich. Nein, für euch", korrigierte er sich und drückte Ana das Bild in die Hände. „Danke!", sagte Ana glücklich und Josip schloss sich an. Einen kleinen Moment fehlten allen die Worte. Als sie endlich die Sprache wieder fanden, klatschte Josip in die Hände und sagte: „Wisst ihr was? Heute gehen wir essen, das haben wir uns verdient!"

Ein Einschreiben

Es war nur wenige Tage später. Ronnie hatte den Tag mit Lesen, Zeichnen und Musikhören verbracht. Zum ersten Mal seit Wochen konnte er entspannen. Er war glücklich und froh. Froh, in dieser Wohnung zu sein, froh, endlich keine Angst mehr haben zu müssen, glücklich, bei Menschen zu sein, die ihn mochten. Denn das konnte er jeden Tag spüren. Sie versuchten ihm das Leben so schön wie möglich zu machen. Und doch war ihm langweilig, zwar nur ein wenig, aber immerhin. Er hatte nicht erwartet, dass er die Schule vermissen könnte. Vielleicht sollte er im Internet schauen, ob er dort einen Lehrplan für seine Klasse fand und selbstständig lernen?

Josip und Ana würden bald nach Hause kommen. Josip hatte Kurzarbeit und arbeitete an zwei Tagen in der Woche. Deshalb hatte Ronnie sich vorgenommen, an diesem Abend für sie zu kochen. Es gab nicht so viele Gerichte, die er kochen konnte und er müsste sich eben auf das beschränken, was an Lebensmitteln da war. Am Ende entschied er sich für Pizza. Es gab genügend Mehl im Küchenschrank, auch Trockenhefe fand er dort, außerdem entdeckte er eine Dose Tomaten und etwas Suppengrün. Käse war ebenfalls reichlich vorhanden. Das Pizzabacken hatte ihm seine Omi beigebracht, jetzt konnte er damit seinen Dank ausdrücken.

Während er den Teig belegte, fragte er sich allerdings, ob es richtig war, was er tat. Was, wenn die Zutaten bereits für ein anderes Gericht verplant waren? Was, wenn sie gar keine Pizza mochten? *Doch*, beruhigte er sich, *Pizza mag jeder.*

Gerade, als er die Pizza in den Ofen geschoben hatte, kam Josip nach Hause. In der Hand hielt er einige Briefe und eine Zeitung. „Hm, das riecht gut hier", begrüßte er

Ronnie. „Was hast du da im Ofen?", wollte er wissen. „Du kannst Pizza backen? Mann, was haben wir für ein Glück, haben unseren ganz persönlichen Pizzabäcker."

Er zog die Jacke aus und setzte sich an den Tisch, um die Post durchzublättern. „Werbung, Werbung, Zeitung, aber was ist das?", fragte er und nahm einen Umschlag in die Hand. „Wer schickt uns ein Einwurfeinschreiben?"

Er holte ein kleines Taschenmesser aus einer Schublade und öffnete den Umschlag. „Was Schlimmes?", fragte Ronnie, nachdem er in Josips Gesicht eine Mischung zwischen Erschrecken und Wut gesehen hatte. „Ach was, nur ´ne Kleinigkeit", antwortete Josip, aber es klang verdammt zynisch.

„Sie kündigen uns! Allen hier im Haus! Das ist doch mal gerecht. Und sie bieten uns 2000 Euro als Umzugshilfe an. Wie großzügig. Was sind das nur für Gauner?"

Es dauerte eine Weile, bis Ronnie verstanden hatte, was dieser Brief auch für ihn bedeuten konnte. Sollte das schon das Ende seiner schönen Zeit sein? Blieb ihm am Schluss nur die Straße? Oder sollte er vor seinem Vater zu Kreuze kriechen? Nein, das würde er niemals tun. Dann lieber die Straße.

„2000 Euro, was denken die, wie weit wir damit kommen? Vor allem bei den Mieten, die eine Wohnung heute kostet. Aber mit uns nicht!", sagte Josip.

„Keine Angst, so leicht bekommen die uns nicht hier raus", versuchte er Ronnie, dem er seinen Schrecken wohl angesehen hatte, zu beruhigen. „Es gibt schließlich so etwas wie einen Mieterschutz. Wir müssen ihn nur einfordern. Und das machen wir am besten gemeinsam."

Als Ana kurze Zeit später nach Hause kam, las Josip ihr und Ronnie den genauen Inhalt der Nachricht vor: Wegen des Alters des Hauses und der Wirtschaftlichkeit plane die Gesellschaft eine Grundsanierung. Deshalb müssten zu ihrem Bedauern leider alle Mieter ausziehen. Sie wären gerne beim Finden einer neuen Wohnung behilflich, denn das Haus solle in Zukunft ein Zuhause für Singles werden und so die Wohnungsnot lindern, es könnten auf gleicher Quadratmeterzahl in WGs viel mehr Personen eine Unterkunft finden.

„Unglaublich. Die stellen sich noch als Retter der Menschheit dar!" Die Pizza stand fertig auf dem Tisch, Ronnie verteilte sie auf die Teller und holte das Besteck aus der Küchenschublade, aber die gute Laune war erst einmal verflogen. Alle waren so in ihre Gedanken vertieft, dass er schon befürchtete, dass er sich umsonst so angestrengt hatte. Er blickte auf Ana, die sich den ersten Bissen in den Mund steckte, und sah, wie ihr Blick von verärgert zu begeistert wechselte. „Wow, das schmeckt irre gut. Wieso kannst du so gut Pizza backen?". Ronnie zuckte nur mit den Schultern. Was bedeutete dieses Lob schon angesichts der Tatsachen, mit denen sie sich auseinandersetzen mussten? Josip, der bisher noch still gewesen war, sagte auf einmal: „Das lassen wir uns nicht gefallen!"

„Ach ja, und wie willst du das verhindern?", wollte Ana wissen. „Genauso wie wir im Betrieb Lohnabbau verhindern. Wir machen Dampf!"

Wieder saßen sie eine Zeitlang schweigend essend beisammen. „Wir sollten uns alle mal zusammensetzen", schlug Josip vor. „Wir könnten uns am Wochenende in der leeren Wohnung von den Helferichs treffen. Morgen muss ich wieder zur Arbeit. Ich habe Spätschicht, da könnten wir vor der Arbeit die Leute im Haus zu einem Treffen einladen, Gehst du mit?" fragte er Ronnie. „Dann kann ich dich auch gleich überall vorstellen."

Aber ehe er sich zu einer Antwort entschlossen hatte, begann es draußen zu grollen. Sie hatten gar nicht bemerkt, dass sich inzwischen der Himmel getrübt hatte und ein

Gewitter aufgezogen war. Der Blick aus dem Fenster offenbarte ein einziges Dunkelgrau. „Der liebe Gott schimpft", meinte Ana schmunzelnd. „Die Frage ist nur, ob er mit den Richtigen schimpft", entgegnete Josip brummig. „Ich habe da so meine Zweifel. Letzten Endes bleibt es wieder mal an uns hängen. Also Ronnie, was ist, kommst du mit? Wir laden alle zu einem Brainstorming ein, so heißt das ja wohl."

„Klar, ich komme mit."

Hausbesuche

Als Ronnie am anderen Morgen aufwachte, fiel ihm ihr Vorhaben ein. Sollte er wirklich mitgehen? Könnte es nicht sein, dass einer der anderen Bewohner etwas weitererzählte und man ihn finden würde?

„Muss ich mitkommen?", fragte er später Josip beim gemeinsamen Frühstück.

„Ja, das solltest du. Du bist hier sicherer, wenn dich alle kennen."

„Also gut", meinte Ronnie und stand widerwillig auf.

Gemeinsam gingen sie die Treppen hoch und Josip zeigte ihm, wo Mariana wohnte. „Sie freut sich bestimmt, wenn du sie besuchst. Und ihr Bad ist wirklich speziell", fügte er noch hinzu.

Ronnie überlegte kurz, „Ja, warum nicht?", stimmte er zu.

„Gut. Wir fangen ganz oben an", meinte Josip. „Wahrscheinlich sind die meisten schon bei der Arbeit, aber ein paar Rentner treffen wir auf jeden Fall an."

Sie klingelten bei Joachim Närrisch. *Komischer Name*, dachte Ronnie, aber er traute sich nicht, zu fragen, ob der Name echt oder ein Spitzname sei. Es blieb lange ruhig, aber dann öffnete sich die Tür und ein älterer Mann stand im Morgenmantel vor ihnen. Sein etwas zerknittertes Gesicht war voller Bartstoppeln, so als sei er gerade erst aufgestanden und hätte sich schon mindestens drei Tage lang nicht rasiert. Ronnies Vater sah so ähnlich aus, wenn er drei Tage hintereinander durchgesoffen hatte. Aber nach Alkohol roch es hier nicht.

Josip schien sein Aussehen nicht ungewöhnlich zu finden. „Guten Morgen, Herr Närrisch", sagte er freundlich.

„Ich hoffe, Sie haben gut geschlafen!" Herr Närrisch nickte vage und Josip sprach weiter:

„Sie haben sicher auch den Kündigungsbrief von der Firma Radi erhalten. Wir wollen uns am Wochenende mal zusammensetzen und gemeinsam beraten, was wir dagegen unternehmen können. Was halten Sie davon? Kommen Sie auch dazu?"

„Hm.", war alles, was aus seinem Mund kam. „Ist das ein Ja?"

Der Mann nickte und gab undeutliche Laute von sich. Dabei zeigte er auf seine leicht geschwollene Wange.

„Zahnschmerzen?", fragte Josip nach.

Herr Närrisch nickte und machte eine Zangenbewegung neben seinem Gesicht.

„Ach, das tut mir leid. Hoffentlich gehen die Schmerzen bald vorbei! Wir treffen uns am Sonntag um 15 Uhr in der Wohnung von Helferichs. Vielleicht können Sie eine Kleinigkeit mitbringen – eine Kanne Kaffee oder Tee oder ein paar Kekse. Aber Sie sind auch ohne willkommen."

„Ach so", fügte er noch hinzu, „ich möchte Ihnen meinen Neffen Ronnie vorstellen. Er wohnt vorübergehend bei uns, weil seine Mutter ziemlich krank ist."

Herr Närrisch streckte Ronnie die Hand hin und machte eine kleine Verbeugung, als er sie ergriff. Ronnie versuchte seine Verwunderung zu verbergen, aber ein kleines Grinsen konnte er sich nicht verkneifen. Noch nie hatte sich jemand vor ihm verbeugt.

Die nächste Wohnung war die von Lotte Hegmann, nachdem sie in der WG vergeblich geklingelt hatten. Hinter der Wohnungstür von Frau Hegmann war Akkordeonmusik zu hören, die abrupt endete, als sie klingelten. Es dauerte ein Weilchen, bevor sich Schritte näherten. Als die Tür aufging, standen sie vor einer alten Frau mit blauen Augen, die sie freudig anstrahlte. Sie war alt, aber nicht so alt, wie

Ronnie sie sich vorgestellt hatte. Sie sei 88, hatte Szafransky unterwegs gesagt. Konnte jemand mit 88 noch Akkordeon spielen? Und so ein nettes Lächeln haben? Und wie konnte sie sich überhaupt selbst versorgen? Lauter Fragen, die er Josip oder Ana später stellen würde.

„Tag, Frau Hegmann!", begrüßte Josip sie. „Haben Sie kurz Zeit? Ich brauche Ihren Rat. Und außerdem möchte ich Ihnen Ronnie vorstellen. Er ist der Sohn einer entfernten Verwandten und wird so lange bei uns bleiben, bis seine Mutter wieder gesund ist."

„Ja, natürlich. Kommen Sie rein. Was wird eine alte Frau wie ich schon zu tun haben? Ich freu mich immer über Besuch!"

Sie drehte sich um und ging langsam und leicht hinkend zur offenen Tür ihres Wohnzimmers. Sie war tatsächlich alt. Sie folgten ihr, und Ronnie bestaunte die Flurwände, die voller Fotos hingen. „Bitte setzt euch doch!", sagte sie und bot ihnen einen Stuhl am Wohnzimmertisch an. Neben Frau Hegmanns Stuhl stand das Akkordeon, also hatte sie selbst gespielt.

Auf dem Fensterbrett standen unterschiedliche Kakteen, die einen Kontrast zu den dunkel gebeizten und schweren Möbeln bildeten. Über dem Wohnzimmerschrank waren auf einem Regalbrett ebenfalls mehrere Fotografien aufgereiht. Auf einem sah man eine junge Frau und einen jungen Mann. Vielleicht Frau Hegmann und ihr Mann in jungen Jahren? Aber es könnte vielleicht auch die Tochter oder der Sohn sein. In einer Regalwand mit Glastüren standen unzählige Bücher. „Haben Sie die alle gelesen?", fragte Ronnie neugierig. „Die meisten, ja! Aber ich habe immer irgendwo einen Stapel mit Büchern, die ich mir für später aufhebe. Liest du auch gerne?"

Ronnie nickte. „Wenn du Nachschub brauchst, kannst du dir gerne etwas ausleihen", bot sie ihm an. „Komm doch mal hoch und sieh dich um. Wie ist es? Darf ich euch etwas anbieten? Tee, Wasser, Saft?"

„Danke, nein", sagte Josip. „Ja, bitte, ein Wasser", bat Ronnie.

Frau Hegmann verließ kurz den Raum und kehrte mit einer Flasche Wasser und einem Glas wieder. Beides stellte sie vor Ronnie auf den Tisch, der mit einer Tischdecke mit aufwendig gestickten Rosen geschmückt war.

„Sie haben sicher auch den Brief von der Immobiliengesellschaft erhalten", wollte Josip wissen.

„Ja, ich bin schockiert! Unser alter Vermieter hätte so etwas nie getan. Wieso hat er das Haus nur seiner unehelichen Tochter vererbt? Für sie ist das nur eine Kapitalanlage. Ich lebe mein ganzes Leben lang hier, bin hier geboren, und nun soll ich hier raus? Es ist eine Katastrophe!"

Sie nestelte mühsam ein Taschentuch aus ihrer Rocktasche und wischte sich die Tränen ab, die wohl nicht zum ersten Mal flossen.

Josip legte seine Hand auf ihren Arm. „Noch ist es nicht so weit. Wir sollten alles tun, um das zu verhindern. Bestimmt gibt es auch irgendwelche Rechte zu unserem Schutz. Das müssen wir herausfinden. Wir haben uns überlegt, dass wir uns am Sonntag um 15 Uhr in der Wohnung von Helferichs treffen könnten. Würden Sie auch dazu kommen?"

„Natürlich! Vielleicht könnten wir einen Anwalt vom Mieterverein dazu holen?"

„Am Sonntag wird sicher niemand kommen. Aber ich wollte mich auf jeden Fall beraten lassen. Und wenn wir uns alle zusammensetzen, kommen vielleicht auch noch andere Ideen auf den Tisch. Ansonsten wohnt eine Anwaltsgehilfin in der WG, die vielleicht auch ein paar Ideen hat."

„Das hört sich gut an. Soll ich etwas mitbringen?"

„Wenn Sie mögen, vielleicht ein paar Kekse."

„Ich backe lieber einen Kuchen. Das werden Sie wohl nicht ablehnen."

„Sicher nicht", schmunzelte Josip. Sie unterhielten sich noch eine Weile, bis Ronnie sein Glas ausgetrunken hatte und sie aufbrachen, um den nächsten Mitbewohnern einen Besuch abzustatten, bevor auch Josip zur Arbeit musste.

Am Ende hatten sie alle bis auf die WG erreicht. Die Brenners hatten sehr deutlich gemacht, dass sie kein Interesse an diesem Treffen hatten. „Na ja, das hab ich erwartet", meinte Josip nur.

Für Ronnie war all das neu. Seine Eltern pflegten keine Kontakte zu anderen Menschen, und er ebenso wenig. Wie sollte er auch Freunde einladen, wo er gar keine hatte? Und selbst wenn, sie würden spätestens dann die Flucht ergreifen, wenn sie seinen Vater erlebten, wie er betrunken durch die Wohnung brüllte. Ronnie hatte im letzten Jahr schließlich auch regelmäßig die Flucht ergriffen und war nach Möglichkeit erst nach Hause gekommen, wenn es dunkel war.

Obwohl er zuerst nicht hatte mitgehen wollen, war er jetzt froh darüber. Es war schön, zu sehen, wie Josip bei allen im Hause geachtet wurde, anders als sein Vater in ihrem Haus. Und er hatte das Gefühl, dass diese Achtung auf ihn abstrahlte.

Endlich einmal musste er sich nicht schämen. Nur seltsam, dass er traurig war. Er hatte es doch gut getroffen, was wollte er denn mehr? Er wünschte, er könnte die Uhr zurückstellen, denn früher war sein Vater anders gewesen. Damals hatten sie als Familie oft etwas zusammen unternommen, und sein Vater war immer gut für eine Überraschung gewesen. Er erinnerte sich an gemeinsame Ausflüge am Wochenende, an Picknicks im Wald, an gemeinsame Federballspiele. All das lag lange zurück. Später kam sein Vater oft erst nach Hause, wenn Ronnie schon

71

im Bett lag, und er hatte auch am Wochenende keine Zeit mehr. Dann hing er in seinem Arbeitszimmer vor dem Computer und war nicht ansprechbar. Wie es geschehen konnte, dass er immer häufiger den Alkohol ihrer Gesellschaft vorzog, wusste Ronnie nicht. Nur dass dieser eine immer größere Rolle in dessen Leben spielte und damit auch in seinem. Falls sein Vater anfangs versucht hatte, es zu verbergen, gab er sich schon bald keine Mühe mehr, weil sein Zustand zu offensichtlich war.

Eine Entdeckung beim Haareschneiden

„Mariana hat gefragt, ob du nicht heute Abend mal vorbeikommen und dir die Wandmalerei von Tom ansehen willst. Und sie hat nochmals angeboten, dir die Haare zu schneiden. Du kannst es dir ja überlegen", sagte Ana, als sie abends nach Hause kam. Ronnie war zu neugierig auf die Malerei, also klingelte er nach dem Abendessen bei Mariana und war gespannt darauf, was ihn dort erwartete.

Als sie öffnete, stand er einem kleinen Hund gegenüber, der ihn von unten aus großen Augen ansah, um dann an seinen Schuhen und seiner Hose zu schnüffeln. „Lass das, Hexe!", wies sie ihre Hündin zurecht und nahm sie auf den Arm. Ohne eine lange Begrüßung führte sie Ronnie durch den Flur in ihr Bad. „Wow!", entfuhr es ihm. An den Wänden tummelten sich kleine und große, flache und runde Fische zwischen Korallen und Seesternen aller Art in einer lichtdurchfluteten Unterwasserlandschaft.

„Gefällt es dir?", fragte Mariana.

„Es ist mega!", meinte Ronnie, „So würde ich auch gerne malen können!"

„Vielleicht kann Tom dir zeigen, wie er das gemacht hat. Wenn du noch ein Weilchen hier bist, wirst du ihn sicher mal kennenlernen, wenn er wieder zu Besuch kommt." Ronnie betrachtete weiter gebannt jeden Quadratzentimeter und jedes kleinste Detail der Malerei. „Und? Was hältst du nun von einem professionellen Haarschnitt?" Sie grinste ihn an und bat ihn mit einer einladenden Geste, auf dem vorbereiteten Stuhl Platz zu nehmen. Ronnie fühlte sich etwas überrumpelt, aber auf eine bestimmte Art fand er sie auch witzig. Und ja, ein Haarschnitt könnte nicht schaden. Also setzte er sich nach kurzem Zögern auf den Stuhl.

Routiniert legte sie ihm einen Friseurumhang über die Schultern: „Und was für eine Frisur darf ich Ihnen schneiden, mein Herr?", fragte sie spielerisch. Ronnie überlegte einen Moment. Er hatte immer etwas längere Haare gehabt, aber warum sollten sie nicht mal ganz kurz sein?

„Was, so kurz?", fragte Mariana verwundert, als er ihr eine Länge von höchstens zwei Zentimetern zeigte. Er nickte.

„Also gut, auf deine Verantwortung", sagte sie und begann zu schneiden. Ronnie sah fasziniert und auch mit leichtem Entsetzen zu, wie eine lange Strähne nach der anderen auf den Boden fiel.

„Wenn du auch gerne malst", begann Mariana, während sie seine Haare in Form brachte, „hast du vielleicht auch etwas dabei, was du gezeichnet hast?"

„Das kannst du mir ja mal zeigen", sagte sie, als Ronnie die Frage bejahte.

Nach dem Schneiden schaute sie ihn nochmals prüfend an, schnitt hier noch ein wenig und dort eine Kleinigkeit und nahm dann den Umhang von seinen Schultern. „Warte!", hielt sie ihn auf, als Ronnie schon aufstehen wollte.

„Ich bürste dir noch die Haare vom Hals." Sie nahm die Bürste vom Waschbecken und begann, seinen Hals zu säubern. Als sie anschließend die Schultern reinigte, zuckte Ronnie zusammen. So unvermittelt hatte sie gerade seine empfindlichste Stelle getroffen, dass er ein „Au!" nicht unterdrücken konnte.

Mariana schaute ihn erschrocken an. „Was ist los, Ronnie? Das ist doch eine weiche Bürste?"

„Nichts, nichts", stotterte er, „ich habe nur nicht damit gerechnet, dass Sie meine Schultern abbürsten!"

Sie schaute ihn zweifelnd an, sagte jedoch nichts.

„So, du bist auch fertig für heute. Schau dich an", sagte sie und hielt ihm einen Handspiegel vor sein Gesicht. „Hm, sieht gut aus! Danke!", antwortete er erstaunt. Es stimmte. Seine Augen wirkten größer und sein Gesicht etwas kantiger als zuvor, aber es gefiel ihm gut. Sogar sehr gut. So würden ihn seine Klassenkameraden nicht so leicht erkennen, hoffte er.

„Ach, wenn du wieder drüben bist, kannst du bitte noch Ana fragen, ob sie heute Abend kurz bei mir vorbeikommen kann? Ich würde ihr gerne etwas zeigen."

„Ja, mach ich", sagte Ronnie und freute sich auf die überraschten Gesichter seiner neuen Freunde.

Das Geheimnis wird gelüftet

Ein wenig später klingelte Ana bei Mariana.

„Komm rein. Ich hoffe, du hast ein wenig Zeit mitgebracht. Möchtest du ein Glas Wein mit mir trinken?"

Ana überlegte kurz, dann sagte sie: „Warum nicht! Aber nicht vergessen, was du mir zeigen wolltest."

„Bestimmt nicht. Im Grunde will ich dich nur etwas fragen, aber es ist ein wenig heikel."

„Na, da bin ich aber gespannt!"

Mariana schaute Ana eindringlich an, während sie ihr ein volles Weinglas hinschob. „Kann es sein, dass Ronnie, was ist er eigentlich, dein Neffe? Na, was auch immer, kann es vielleicht sein, dass er zu Hause geschlagen wird?" Und dann erzählte sie ihr von Ronnies Reaktion und seinem Stottern, als sie ihn gefragt hatte, was los sei.

Ana stellte ihr Glas ab und wusste einen Moment nicht, was sie sagen sollte. Leugnen half wohl nichts, aber wenn schon die Wahrheit, dann die ganze. Also erzählte sie ihr, wie Josip Ronnie gefunden hatte, und was sie bisher von seinem Leben wussten. Und dass sie großes Mitgefühl mit ihm hätten und ihn nicht einfach nach Hause schicken wollten.

„Der arme Junge!", meinte Mariana. „Aber ihr könnt ihn trotzdem nicht ohne Wissen der Eltern bei euch behalten. Ich fürchte, die Gerichte würden das als ‚Kindesentzug' betrachten."

„Was sollen wir denn machen? Sollen wir ihn wieder zurückschicken? Das können wir ihm nicht antun. Der Vater verprügelt offensichtlich regelmäßig beide, Mutter und Sohn. Und die Mutter schafft den Absprung nicht. Der geht zugrunde, wenn wir ihn zurückschicken."

„Ja, aber denk auch mal an uns! Wir wollen uns gegen unsere Wohnungskündigungen wehren. Angenommen, irgendwer findet heraus, dass wir hier illegal ein Kind untergebracht haben, dann wären wir als Kriminelle verschrien! Das dürft ihr so nicht machen!"

Ana war aufgebracht und stand abrupt auf. „Was willst du? Willst du uns der Polizei melden? Oder sollen wir Ronnie sagen ‚Tut uns leid, du musst entweder wieder nach Hause oder auf die Straße.' Das kannst du nicht ernsthaft wollen!"

„Nein, natürlich nicht. Beruhige dich, ich bin schließlich auch ein Mensch. Aber wir müssen überlegen, wie wir Ronnie am besten helfen können. Und mit Heimlichtuerei geht das sicher nicht!"

Ana setzte sich wieder und eine Weile saßen beide Frauen schweigend vor ihren Gläsern.

Sie fanden Möglichkeiten, verwarfen sie wieder und suchten nach Alternativen. Am Ende hatten sie eine Idee, die sie Ronnie vorschlagen wollten. Sie beschlossen, Josip einzubeziehen, denn zu ihm hatte Ronnie offensichtlich das größte Vertrauen.

Eine Entscheidung

Es war spät geworden, als Ana von Mariana zurückkam. Sie hatte vorsichtig nach dem Grund für Marianas Trennung gefragt und die ganze Geschichte war einfach so aus ihr herausgesprudelt: Wie sie nach der Entlassung aus der Klinik darauf wartete, von Frieder abgeholt zu werden und stattdessen Tom sie erwartete. Wie sie zu Hause feststellte, dass Frieders Schrankseite leergeräumt und er ausgezogen war. Wie die Erkenntnis langsam zu ihr durchdrang, dass ihr Mann und ausgerechnet ihre beste Freundin nun das neue Dream-Team waren. Wie sie danach tagelang nur im Bett gelegen hatte, dankbar, dass Tom sie in Ruhe ließ, bis er endlich vor ihr stand und verlangte, dass sie aufstehen solle. Sie stinke und sie müsse mal wieder etwas essen. Es gäbe keinen Grund, seinem Vater hinterher zu trauern. Der habe sie schon lange nicht mehr geliebt. Jeder habe das gemerkt, nur sie hätte es nicht begreifen wollen. Da erst sei ihr das ganze Ausmaß bewusst geworden: Sie hatte sich in dieser Ehe schon lange nicht mehr gesehen und ebenso wenig respektiert gefühlt. Wenn sie ehrlich war, hatte sie selbst öfter über eine Trennung nachgedacht. Aber da war immer noch die Hoffnung.

Nun sei es schwer, plötzlich allein zu leben. Ohne Tom seien die Abende lang. Nur das Renovieren der Wohnung habe ihr eine Zeit lang geholfen, aber damit sei sie nun fertig. Am schlimmsten sei es, wenn sie etwas Schönes erlebt hatte und keiner da sei, dem sie es erzählen konnte.

„Mensch, Mariana, warum hast du nichts gesagt? Du weißt doch, dass wir jederzeit für dich da sind."

„Ich wollte niemandem zur Last fallen."

„Meine Güte, was redest du da? Das Leben liefert nicht immer nur Sahnetorte, manchmal legt es nur trockenes Brot auf den Tisch, und hin und wieder verdammt harte Nüsse. Wenn wir nicht miteinander reden, verhungern wir emotional. Wir brauchen einander doch!"

Bevor sie in ihre Wohnung zurückging, hatte Ana Mariana noch versprochen, gleich am nächsten Morgen mit Ronnie zu reden.

Als sie zurückkam, saß Josip bereits im Schlafanzug am Tisch und hatte die Zeitung vor sich liegen. Sein Kopf hing nach unten und seine Augen waren geschlossen. Offensichtlich war er beim Lesen eingeschlafen. Ana drückte ihm einen Kuss auf die Stirn und weckte ihn sanft: „Na komm, lass uns schlafen gehen. Ich erzähl dir alles im Bett."

Nebeneinander in ihren Kissen liegend, berichtete sie von ihrem Abend mit Mariana und ihrer Vereinbarung. Aus Sorge, Ronnie könne etwas von dem Gespräch mitbekommen, bevor sie mit ihm reden konnten, flüsterte sie. Als sie gerade noch einen letzten Satz sagen wollte, hörte sie bereits Josips tiefe Atemzüge. Erstaunlich, wie schnell Männer schlafen können – von einer Sekunde zur anderen. Sie selbst lag noch lange wach, während ihr Kopf sortierte und ausmusterte und verwarf. Sie war sicher, dass ihr Mann mit viel Feingefühl vorgehen würde. Hoffentlich würde Ronnies Vertrauen in sie dadurch nicht zerstört werden. Wie sollte er schließlich auch irgendjemandem vertrauen? Vermutlich hatte er längst nicht alles erzählt, was er erlebt hatte.

Schwierige Gespräche

Als Josip am Morgen aufwachte, bereitete er für Ana und sich Frühstück vor und deckte auch gleich für Ronnie. Als er sich endlich entschloss, Ronnie zu wecken, war Ana bereits gegangen. Sie hatten allein gefrühstückt und Ronnie schlafen lassen.

Nach dem Duschen setzte er sich an den Tisch und goss sich eine Tasse Tee ein. „Ich muss mit dir reden", fing Josip an. Das war wohl der falsche Anfang. Vor ihm sank Ronnie regelrecht in sich zusammen. „Du musst keine Angst haben", versuchte er ihn zu beruhigen, „Wir haben ja schon darüber gesprochen, dass wir eine Lösung finden müssen, damit du wieder in die Schule gehen kannst. Sonst versäumst du zu viel, und das würde dich den Rest deines Lebens beeinträchtigen. Das willst du sicher auch nicht, oder?"

„Und wie soll das gehen?", fragte Ronnie beinahe vorwurfsvoll.

„Du musst mit deiner Mutter reden." Noch bevor Josip erklären konnte, wie er sich das vorstellte, rannte Ronnie in sein Zimmer und kam kurz darauf mit seinem Rucksack zurück. Eilig lief er an Josip vorbei zur Wohnungstür.

„Halt, Junge, lass mich erst mal erklären, was wir uns überlegt haben! Wir wollen dir wirklich helfen!" Josip folgte Ronnie durch den Flur.

„Wenn du mir helfen wollen würdest, würdest du das nicht verlangen. Ich gehe nicht mehr zurück!" sagte Ronnie leise und mit Tränen in den Augen. Er hatte bereits die Türklinke in der Hand.

„Bitte warte, Ronnie. Du sollst gar nicht zurück. Ana und Mariana hatten eine Idee, die dir wirklich helfen könnte!"

Ronnie stand noch immer an der Tür, als wolle er gleich für immer verschwinden. Aber immerhin ließ er die Klinke los.

„Komm, setz dich zu mir, Ronnie, ich bitte dich. Lass uns gemeinsam darüber nachdenken. Und wenn du danach immer noch gehen willst, werde ich dich nicht aufhalten", versprach Josip.

Sie gingen zurück in die Küche und Ronnie setzte sich langsam an den Tisch. Den Rucksack stellte er neben sich ab, hielt allerdings die Träger fest, wahrscheinlich, um so jederzeit damit verschwinden zu können.

„Ana und Mariana denken, dass du deiner Mutter einen Brief schreiben solltest, in dem du ihr erzählst, wieso du weggelaufen bist. Du könntest sie bitten, dir zu erlauben, bei uns zu wohnen. Dann wärst du unser Pflegekind, und wir damit deine Pflegeeltern!"

Zu Josips Erleichterung ließ Ronnie zögerlich seinen Rucksack los. „Das wird sie sicher nicht erlauben. Sie werden mich höchstens ins Heim stecken, so wie mein Herr Vater mir immer gedroht hat, wenn ich nicht so war, wie ich sein sollte. Wenn ich mit einer Zwei statt einer Eins nach Hause kam, oder wenn ich versucht habe, meine Mutter vor ihm zu schützen."

„Nein, das glaube ich nicht", versuchte Josip sanft einzuwenden.

Ronnie trommelte einen unkontrollierten Rhythmus auf dem Tisch und auch wenn es Josip irritierte, konnte er nachempfinden, dass Ronnie extrem angespannt sein musste. Er schwieg und wartete ab.

„Du kennst meine Eltern nicht! Meine Mutter macht immer, was mein Vater von ihr verlangt. Und mein Vater hasst mich! Jetzt erst recht."

„Du hast unsere volle Unterstützung. Ana und Mariana würden den Brief bei deiner Mutter abgeben und schon mal mit ihr reden, bevor du sie triffst. Sie können ihr sicher klarmachen, dass sie dich verliert, wenn sich nichts ändert."

Allmählich war ein wenig Hoffnung in Ronnies Augen zu sehen. Doch dann verfinsterte sich sein Gesicht. „Wenn ich auf die Schule muss, bin ich weg!"

„Warum, was ist falsch an Schule?", wollte Josip wissen.

„Alles!", rief Ronnie, wobei seine Stimme beinahe kippte. Und dann erzählte er, wie einsam er dort war, dass er immer allein in der Ecke saß, und wie er regelmäßig von seinen Klassenkameraden gehänselt wurde.

„Das ist Mobbing". Josip war empört. „Haben die Lehrer das nicht gemerkt? Hat dir niemand geholfen?"

Ronnie schüttelte nur stumm den Kopf.

„Aber das können wir unterbinden. Ich kann mit dem Rektor reden, dann werden deine ‚Freunde' zur Rechenschaft gezogen!"

„Und das soll helfen?" Ronnie schien nicht überzeugt zu sein.

„Glaub mir, das hilft oft!"

„Und was, wenn nicht?"

„Dann kannst du immer noch wechseln und hier in unserem Stadtteil zur Schule gehen!"

„Warum kann ich nicht gleich hier im Stadtteil in die Schule gehen?"

„Wenn deine Eltern damit einverstanden sind, lässt sich auch das wahrscheinlich machen", beruhigte Josip Ronnie. Offensichtlich half ihm diese Vorstellung, denn endlich hörte er mit dem Getrommel auf dem Tisch auf. Umso angenehmer war die eintretende Stille.

„Also gut", sagte Ronnie, „Aber ich gehe nicht zurück zu meinen Eltern! Niemals! Lieber stürz ich mich von der Brücke!"

Ronnie schreibt an seine Mutter

Ronnie hatte viel Zeit und Papier gebraucht, um den Brief für seine Mutter zu schreiben. Mindestens fünfundzwanzig Mal hatte er angefangen und war nie über den ersten Satz hinausgekommen.

„Mama, ich komme nicht mehr nach Hause", schrieb er, dann wusste er nicht mehr weiter.

„Mama, ich bleibe bei Josip und Ana, denn zu Hause halte ich es nicht mehr aus." Das Blatt warf er zu all den anderen in den Papierkorb, bis Josip ihm vorschlug, er könne seinen Computer benutzen.

Aber auch damit kam er erst einmal nicht weiter. Was sollte er denn schreiben, außer dass er es zu Hause nicht mehr aushielt?

„Warum schreibst du nicht einfach, was du mir erzählt hast?", fragte Josip.

„Aber das ist viel zu lang. Und außerdem weiß meine Mutter, was passiert ist, schließlich war sie meistens dabei!"

„Aber vielleicht muss sie es einmal aus deinem Blickwinkel erzählt bekommen", meinte Josip.

Irgendwann kamen die Gedanken zu ihm wie Vögel, die sich auf seine Schultern setzten und ihm ins Ohr sangen, und er schrieb Wort für Wort, Satz für Satz. Mindestens eine Stunde lang huschten seine Finger über die Tastatur, während Josip still am Tisch saß. Ronnie war so vertieft, dass er ihn irgendwann gar nicht mehr bemerkte. Erst als er fertig war, bat er Josip, einen Blick auf den Brief zu werfen.

Der schwieg, nachdem er ihn gelesen hatte, und sein einziger Kommentar war, dass er Ronnie in den Arm nahm und ihm versicherte, dass er alles tun werde, um ihm zu helfen.

„Komm, lass uns rausgehen! Das war anstrengend für dich. Was machst du normalerweise, wenn du dich entspannen willst?"

„Zeichnen oder Computer spielen", sagte Ronnie, ohne lange zu überlegen.

„Vielleicht können wir etwas zusammen machen! Was hältst du von Kino, oder magst du lieber in den Park, oder ist das alles zu langweilig für dich?"

„Kino, ja, warum nicht?", stimmte Ronnie zu.

Ronnies Brief

Hallo, Mama,

ich schreibe dir, damit du dir keine Sorgen machst, aber auch, weil ich dich um etwas bitten will. Um deine Zustimmung nämlich, dass ich bei den Menschen leben darf, die ich nach meiner Flucht von zu Hause kennengelernt habe. Sie sind bereit, mich bei sich aufzunehmen. Aber wenn ich ein normales Leben führen will, ohne mich verstecken zu müssen, brauche ich eure Zustimmung dazu. Leider. Denn noch seid ihr meine Erziehungsberechtigten.

Versucht gar nicht erst, mich umzustimmen. Ich werde nicht mehr zurückkommen, und wenn ihr mich zwingt, werde ich bei der nächsten Gelegenheit einfach wieder verschwinden. Ich halte es nicht mehr aus, Papa nur noch betrunken zu erleben. Ich halte die ständige Gewalt nicht mehr aus und auch nicht die Drohungen und Beschimpfungen. Und ich halte es nicht mehr aus, dir dabei zuzusehen, wie du vor ihm kriechst. Wie oft hast du mir unter Tränen beteuert, dass du Vater mit mir verlassen wirst, und wie oft habe ich dir gesagt, dass ich mit dir mitkommen werde? Anfangs habe ich dir geglaubt und darauf gewartet, dass du mich an die Hand nimmst und mit mir weggehst. Aber nichts geschah. Sobald Papa mit seinem ewig gleichen Spruch ankam, hast du geschwankt wie ein Grashalm im Wind. Dein Versprechen war nichts mehr wert, sobald er sich vor dir auf die Knie geworfen hat. Abends noch hat er dich oder mich oder uns beide grün und blau geschlagen. Am anderen Morgen flehte er: „Verzeih mir mein Engel und verlass mich nicht, ich brauche dich doch!" Ja klar brauchte er dich: Du musstest ja den Dreck beseitigen, den er nach seinen

Sauforgien hinterlassen hatte, und du musstest das Geld für seinen Fusel verdienen! Aber du bist jedes Mal umgeknickt, sobald er die Arme um deine Beine geschlungen und den Kopf an deinen Körper gedrückt hat. Weißt du, wie peinlich das ist?

Ich verstehe nicht, warum du dich immer wieder aufs Neue verprügeln lässt, und ich verstehe nicht, warum dir meine blauen Flecken egal waren. Ich hatte geglaubt, ich könnte dich schützen, wenn ich mich zwischen euch stelle, aber er wurde nur noch wütender und drosch auf mich ein. Glaub nur nicht, dass ich nichts gehört habe, wenn ich mich in meinem Zimmer eingeschlossen und Musik gehört habe, wenn er nach Hause kam!

In der Schule haben meine Klassenkameraden Tag für Tag ihren Spott über mich ausgegossen, nachdem sie Papa einmal besoffen aus der Kneipe haben kommen sehen. Aber ich konnte es dir nicht erzählen, du hattest ja genug mit Papa und mit dir selbst zu tun. Ja, du hast sogar immer noch um Verständnis für ihn geworben. Er hätte im Job so viel Ärger. Keiner würde ihn mögen. Weder seine Kollegen noch die Abteilungsleiter. Na und? Er hätte sich auch einen anderen Job suchen können. Stattdessen hat er sich den Alkohol zum Freund gemacht. Wir waren und sind ihm völlig gleichgültig und nur dazu da, dass er an uns seine Aggressionen abreagieren kann. Das alles will und kann ich nicht mehr.

Ich bin von einer Familie aufgenommen worden wie ihr eigenes Kind. Sie kümmern sich um mich, sie reden mit mir, sie hören mir zu, sie interessieren sich für das, was ich tue, und sie schätzen mich. Hier geht es mir zum ersten Mal gut, und hier will ich bleiben! Also bitte ich vor allem dich Ma:

Überzeuge Papa davon, dass ihr mir erlaubt, hier zu wohnen. Ihr habt das Aufenthaltsbestimmungsrecht, hat man mir gesagt. Bitte tut mir wenigstens einmal etwas Gutes.

Warten

Nun war Ronnie schon einige Tage bei Ana und Josip. Die meiste Zeit fühlte er sich wohl bei ihnen. Allerdings beunruhigte ihn die Frage, was geschehen könnte, wenn seine Mutter seinen Brief las, mehr, als er nach außen zeigte.

Er hatte wenig Hoffnung, dass er bei ihr Unterstützung finden würde in dem, was er wollte. Auf einer neuen Schule wüsste wenigstens niemand etwas von seinem Leben zuvor. Er fürchtete nur, dass seine Mutter sich nicht über Vater hinwegsetzen könnte. Und der wollte bestimmt nicht, dass andere Menschen erfuhren, was er für ein Mistkerl war. *Ich mag es selbst niemandem erzählen*, dachte Ronnie. *Auch nicht dieser Svenja, die mir ihre Telefonnummer gegeben hat. Auch wenn sie Mozart liebt und mich nicht für meinen Musikgeschmack auslachen würde.*

Doch wenn er sie anrufen würde, müsste er ihr erzählen, warum er bei Josip und Ana war. Wie würde sie reagieren, wenn sie erfuhr, dass sein Vater ein Säufer ist und dass er und seine Mutter sich von ihm verprügeln ließen? Sie würde sicher fragen, warum sie nicht weggingen. Und das war es ja: Er verstand es selbst nicht. Er war noch ein Kind, er konnte und durfte nicht allein leben. Aber für seine Mutter galt das nicht, und dennoch schaffte sie es nicht, ihre Koffer zu packen und zu gehen. Ein für alle Mal zu gehen und nie mehr wiederzukommen.

Ja, es wäre schön, diese Svenja wiederzusehen, aber so war es besser. Den Zettel mit der Nummer hatte er gleich nach ihrem Treffen weggeworfen. Blöd war nur, dass er die Nummer nicht mehr aus dem Kopf bekam. Sie lief wie ein Endlosband durch sämtliche Windungen seines Gehirns: 0172 9973186. Warum konnte er diese Nummer nicht einfach vergessen? Je mehr er es versuchte, desto stärker spielte die Musik immer wieder aufs Neue genau diese paar Zahlen ab. Schrecklich. Er sollte einfach etwas anderes tun, dachte er und griff nach der Saftflasche, die auf dem Tisch stand. Vielleicht hatte er zu schnell danach gegriffen, denn bevor er sie richtig zu fassen bekam, rutschte sie ihm aus der Hand und zerschellte auf dem Boden in tausend Scherben.

Josip kam in die Küche, um nach dem Malheur zu sehen. Aus Reflex hielt Ronnie seine Arme vor den Kopf, denn zu Hause hätte er sofort Prügel bezogen. Josip schüttelte nur den Kopf und lächelte ihm freundlich ins Gesicht. Dann holte er Schaufel und Besen und räumte gemeinsam mit Ronnie die Scherben zur Seite. „Daran war bestimmt die Glas-Fee schuld", sagte er und nickte scheinbar ernsthaft. Ronnie war überrascht. Was würde das geben? Er konnte den Schalk in Josips Augen sehen und grinste vorsichtig. „Doch, doch", sagte Josip, „Sie sammelt Glasscherben und macht daraus gläserne Landschaften, um ihr Reich zu vergrößern. Deshalb hat sie dir die Flasche aus der Hand geschlagen. Wahrscheinlich gab es gerade einen Glasscherben-Mangel!" „Glaub ich nicht", sagte Ronnie, aber er konnte sich das Lachen nicht verkneifen. *Wie albern ist das denn*, dachte er. Schließlich war er schon 15 und kein Kind mehr. Aber es rührte ihn so sehr, dass Josip sich extra eine solche Geschichte ausdachte, dass er am liebsten geweint hätte. Weil er so froh war und sich schon lange nicht mehr so willkommen gefühlt hatte. Aber kann man vor Freude weinen?

Hier darf ich sogar eine eigene Meinung haben. Dabei war das so schwer. Alles, was er konnte, war schweigen. Nur nicht widersprechen. Aber hier wird er immer wieder nach seiner Meinung gefragt. Er wusste oft gar nicht, was er sagen sollte. Was war denn überhaupt seine Meinung?

Aus Angst, etwas Falsches zu sagen, sagte er oftmals gar nichts oder stimmte jemandem zu, von dem er dachte, dass er von den Anderen Anerkennung bekam. Nur manchmal, wenn er sich bei einem Thema sicher fühlte, redete er und konnte beinahe gar nicht mehr aufhören.

Eigentlich weiß ich gar nicht, wer ich bin. Ich weiß nur, wer ich nicht sein will: der Sohn meines Vaters. Zum Glück sehe ich ihm nicht ähnlich. Ich weiß nicht, was sie bei meinem Vater falsch gemacht haben, dass der so geworden ist. Ist mir aber auch egal. Josip sagt, wenn man erwachsen ist, ist man für sich selbst verantwortlich, man kann die Schuld nicht mehr auf die Eltern schieben. Ich weiß nicht, ob das stimmt. Aber wenn es stimmt, dann ist bei meinen Eltern etwas gründlich schiefgelaufen.

Nachts hatte er oft schlimme Träume. Dann rannte und rannte er vor einem unbekannten Mann davon, der ihn verfolgte und fassen wollte. Wenn er dann von seinem eigenen Stöhnen oder Schreien aufwachte, wusste er meist erst einmal nicht, wo er war, so nah war ihm der Traum. Manchmal wollte er um Hilfe rufen, aber aus seinem Mund kam kein Laut. Als Josip neulich ins Zimmer gekommen war, um ihn zu beruhigen, schrie er „Fass mich nicht an!". Ronnie glaubte, sein Verfolger hätte ihn nun endgültig eingeholt. Josip war zusammengezuckt, aber zum Glück merkte er schnell, dass Ronnie fantasierte. „Junge, du träumst. Es ist alles gut. Du bist hier sicher", sagte er beruhigend, fasste , ihn aber nicht noch einmal an. Ronnie kannte es nicht, dass ihn jemand in den Arm nahm, der es gut mit ihm meinte. Sein Vater hatte ihn nur verprügelt und seine Mutter konnte ihn nicht mehr anfassen, weil er voller blauer Flecken war und alles schmerzte.

Hausversammlung

„So etwas hat unser Haus wahrscheinlich noch nie gesehen", meinte Josip, während sie die Wohnung hinter sich
schlossen, um gemeinsam in den zweiten Stock hinaufzu-
gehen. Ana hatte einen Korb mit einem selbst gebackenen
Hefezopf, Milch und Zucker dabei. In einem Klappkorb
trugen Josip und Ronnie einige Teller und Tassen. Als sie
sich der Treppe zuwandten, trafen sie auf Mariana Finkeisen mit ihrer Hündin und ihrem Sohn, die sich ihnen unter
munterem Geplauder anschlossen. Hexe rannte sofort auf
Ronnie zu und stupste ihn auffordernd mit der Schnauze am
Bein. „Ich kann dich jetzt leider nicht streicheln". Er hätte
immer gerne einen Hund gehabt, aber seine Eltern waren
strikt dagegen gewesen. „Hunde sind keine Tiere für die
Stadt", war ihr Argument. Dem konnte er nichts entgegen-
setzen. Aber dieser Hund lebte ebenfalls in der Stadt und
sah ganz zufrieden aus. Dass sich diese kleine Hündin an
ihn erinnerte, machte ihn glücklich. „Sie mag dich!",
meinte Mariana und fügte hinzu: „Das ist übrigens Tom.
Ich hab ihm schon von dir erzählt. Du kannst ihm nachher
mal deine Zeichnungen zeigen, wenn du magst! Er fährt
erst morgen Nachmittag wieder zurück."

Vorsichtig sah Ronnie zu Tom hinüber. Der lächelte ihm
freundlich zu und schaute ihn mit seinen tief liegenden
blauen Augen an. Er hatte etwas längere blonde Haare mit
einem modernen Haarschnitt, die Haare aus dem Gesicht
gekämmt, einzelne Strähnen hatten sich jedoch verselb-
ständigt und fielen ihm über die Augen. Vergeblich versuchte er, sie wegzupusten.

Er sah nett aus. Aber ihm seine Zeichnungen zeigen?
Sollte Ronnie das wirklich machen? Ronnie wusste zwar
nicht, in welchem Semester Tom Kunst studierte, aber für

das Studium musste man eine Aufnahmeprüfung machen. Tom musste also gut sein. Was, wenn er seine Bilder zu naiv fand, oder ihn für einen Nichtskönner hielt? Würde er dann noch weiterzeichnen können, oder wäre dann das letzte Mittel, das ihn über Wasser hielt, endgültig verloren? Es stimmte, er zeichnete in jeder freien Minute, nutzte You Tube, um mehr zu lernen. Aber reichte das aus, um ein kritisches Auge zu befriedigen? Sollte er sich wirklich mit Tom treffen?

Er musste nicht antworten, denn inzwischen waren sie einen Stock höher, und nun kamen die Mieter von allen Seiten. Herr Knopf und seine Frau schlossen eben ihre Tür ab. Von oben herunter kam Frau Hegmann. Sie hielt sich mit einer Hand am Treppengeländer fest und setzte vorsichtig einen Fuß nach dem anderen auf die Treppenstufen. In der anderen Hand transportierte sie einen Kuchen. Hinter ihr sah er Herrn Närrisch, der sich mit Frau Hegmann unterhielt. *´Er hat also eine Stimme!´* dachte er. Dieses Mal trug er Hose und Hemd, keinen Morgenmantel. Zuletzt kamen noch ein paar jüngere Menschen, offensichtlich die Leute aus der WG.

Nacheinander betraten alle die leere Wohnung und setzten sich. Sie hatten bereits morgens Stühle und Tapetentische hochgetragen, so dass nun für alle Platz war. Ronnie saß neben Josip. „Darf ich?", fragte Herr Närrisch und sah Ronnie an. „Äh, ja!", antwortete Ronnie, ohne genau zu wissen, worauf sich das „Darf ich?" bezog. Herr Närrisch zog den Stuhl heraus und setzte sich auf Ronnies andere Seite. Das also hatte er gemeint. Was für ein höflicher Mensch. Er fragte ihn, den Jugendlichen, ob er sich neben ihn setzen dürfte. War das nur höflich oder nahm er wirklich Rücksicht auf Ronnies Wünsche? Daheim nahm man keine Rücksicht. Da wurde einfach drauflos gedroschen.

Na ja, zu fragen: „Darf ich dich prügeln?", wäre auch zu komisch.

Aber Ronnie wollte nicht an zu Hause denken. Er war jetzt bei Josip und Ana, und er hoffte, dass er hierbleiben durfte. Ohnehin begann nun die Diskussion darüber, was man tun könnte, um die Kündigungen rückgängig zu machen. Josip erzählte, dass die Mietervereinigung ihnen nicht besonders große Hoffnungen gemacht hatte. Die Gesetze waren wohl so, dass sie im Höchstfall eine Kündigungsfrist von neun Monaten bekamen. Die Immobiliengesellschaft argumentierte mit der Wohnungsnot, und es gab kein Gesetz, das Profitgier verbot.

„Dürfen die das überhaupt? Und was ist mit uns? Wer von uns wird dann noch eine bezahlbare Wohnung finden? Sollen wir jetzt alle aufs Land ziehen?"

Die Stimmen klangen schrill und aufgeregt, alle redeten wild durcheinander. „Ich hab's ja gleich gesagt", mischte sich Herr Knopf ein. „Wozu sind wir überhaupt gekommen? Die sitzen immer am längeren Hebel."

„Moment!", meldete sich nun Andreas, der bisher nur zugehört hatte. „Es gibt ja auch noch andere Möglichkeiten, den Herren auf die Finger zu klopfen. Schließlich sind wir nicht die Einzigen, die von solchen Machenschaften betroffen sind. Warum gehen wir nicht an die Presse, warum machen wir nicht irgendwelche Aktionen, die auffallen?"

„Was denn für welche?", brummelte Herr Knopf. „Das ist denen alles egal. Wir sind ihnen egal!"

„Weiß ich auch nicht", antwortete Andreas. „Lass uns gemeinsam darüber nachdenken!"

„Hausbesetzung", rief Daniel.

„Quatsch, was soll das denn bringen? Die holen die Polizei und die werfen uns raus. Davon haben wir gar nichts!", schaltete sich Herr Närrisch ein.

„Ich glaube schon, dass das mit der Presse eine gute Idee wäre. Wir schildern denen unseren Fall und unser Anliegen. Meine Freundin Miriam würde das machen. Sie kann sehr gut texten!", schlug Andreas vor.

„Na ja, aber irgendetwas Spektakuläres müsste trotzdem passieren, sonst gehen wir bei all den vielen Meldungen unter, die heutzutage die Seiten füllen. Was haltet ihr von einer Fassadenmalerei?", fragte Tom.

Kurz waren alle stumm und dachten nach.

„Dürfen wir das überhaupt?", wollte Andreas wissen.

„Nö!", sagte Tom, „Wir müssten eben schnell sein. Schnell malen, und rechtzeitig die Presse einschalten."

„Schnell malen. Das soll wohl ein Witz sein! Oder wie willst du ohne Gerüst eine Wand bemalen?"

„Die Idee ist aber gut, man müsste sie nur ein wenig abändern. Wir bräuchten nur ein, zwei große Bettlaken. Die könnten wir hier in der Wohnung bemalen, und dann hängen wir sie bei Frau Hegmann vom Balkon runter!", schlug Daniel vor.

„Genial!", rief Herr Närrisch. „Alles ohne Gerüst und ohne frühzeitiges Aufsehen. Und wer malt?"

„Wenn es einen guten Entwurf gibt, könnte im Prinzip jeder malen."

„Okay, ich besorg die Farben", meinte Herr Närrisch.

„Ich kann aber nicht malen", rief Herr Knopf dazwischen.

„Müssen Sie auch nicht. Aber eine Fläche mit Farbe ausfüllen, das können Sie sicher, oder?", fragte Tom.

„Klar, er kann ja auch Wände anmalen!", schaltete sich Frau Knopf ein.

„Also, seid ihr damit einverstanden? Dann würde ich mit Ronnie zusammen einen Entwurf machen und ihn so auf die Leinwand übertragen, dass jeder daran arbeiten kann".

Ronnie wollte den Kopf schütteln. Nein, so etwas hatte er noch nie gemacht. Aber als alle ihn ansahen und er die Hoffnung in ihren Gesichtern sah, hatte er nicht den Mut, abzulehnen. Er konnte sie nicht enttäuschen! Und er konnte Tom nicht mit der Aufgabe allein lassen. Dennoch ging es ihm schlecht. Sein Bauch krampfte, sein Herz raste. In ein Heft zu zeichnen war schließlich etwas vollkommen anderes, als auf eine große Leinwand zu malen.

Tom schien seine Ängste zu spüren. „Mach dir keinen Kopf. Es ist nicht so schwer, wie es sich anhört! Ich zeig dir, wie es geht."

Frühstück mit Tom und Mariana Finkeisen

„Komm zum Frühstück zu uns!", hatte Tom vorgeschlagen, als sie nach der Versammlung auseinandergegangen waren. „Und bring deine Zeichnungen mit!", hatte er ihm noch hinterhergerufen.

Ronnie konnte lange nicht einschlafen. Der ganze Tag ging ihm durch den Kopf. Er dachte daran, wie unterschiedlich die Meinungen waren, die anfangs aufeinanderprallten. Erst durch Toms Vorschlag war bei allen so etwas wie neue Hoffnung entstanden. Sollte Kunst also mehr sein als nur Schmuck für die Wände? Oder war es gar nicht das Was, das eine Veränderung herbeigebracht hatte, sondern das Wie? Das gemeinsame Überlegen und die Vorstellung, gemeinsam zu handeln?

Er konnte sich noch nicht vorstellen, wie man auf so großem Maßstab zeichnen oder malen konnte, noch dazu so, dass auch ein Unbegabter sich daran beteiligen konnte. Aber Tom hatte sicher eine genaue Vorstellung.

Irgendwann war er in einen unruhigen Schlaf gefallen, nur um am nächsten Morgen mit all seinen Bedenken und Selbstzweifeln wieder aufzuwachen. Sollte er seine Zeichnungen nicht lieber zu Hause lassen? Er könnte sagen, er hätte sie vergessen. Aber vermutlich würde Tom ihn einfach kurz zurückschicken. Oder sollte er sagen, sie seien ihm versehentlich ins Klo gefallen? Was für eine eklige Vorstellung! Aber dann müsste er lügen, und er war schon immer ein lausiger Lügner. Er konnte nur hoffen, dass Tom mit seiner Kritik gnädig war. Er wusste, dass er kein Künstler war, nur ein Zeichner und Dilettant. Er musste nur aufhören, sich mit Tom zu vergleichen, denn sonst würde er niemals bestehen können. Seine Wandmalerei im Bad war so perfekt, wie also könnte er seine kleinen Zeichnungen damit vergleichen.

„Augen zu und durch", hatte sein Opi immer gesagt, wenn er gemerkt hatte, dass Ronnie vor etwas Angst hatte. Meistens hatte es auch funktioniert. Er würde es jetzt genauso machen. Er zog sich an, und nahm sein Zeichenheft. „Bis später!", verabschiedete er sich von Josip und Ana.

Er musste nur zu einer Tür hinaus und zur anderen wieder hinein. Tom öffnete ihm und grinste. „Stehen dir gut, meine alten Klamotten."

Wie peinlich. Er hätte seine eigenen Sachen anziehen sollen, die inzwischen gewaschen und sogar gebügelt waren. Als könne Tom Gedanken lesen, sagte er: „Das muss dir nicht peinlich sein! Ich freu mich, dass die Sachen nicht einfach im Müll gelandet sind. Ich mochte sie immer sehr gerne. Aber komm erst einmal herein!"

Er ging Ronnie voraus ins Wohnzimmer. „Setz dich", sagte er und deutete auf einen Stuhl am Esstisch. Ronnie war überwältigt: Brötchen, Brot, Wurst, Käse, Obst, Saft, Eier. Der Tisch war voll. „Greif zu!", lud ihn Mariana ein, die mit zwei Kannen hereingekommen war. „Tee oder Kaffee?"

„Tee bitte." Während sie frühstückten, sprachen sie nochmals über die Versammlung und darüber, wie Toms Idee allen wieder Mut gemacht hatte.

„Aber wie kann man auf einer so großen Fläche arbeiten? Und wie kann jemand sich am Malen beteiligen, der gar nicht malen kann? Und wenn man es auf den Balkon hängt, wird es bestimmt nicht ausgebreitet hängen bleiben! Man kann also gar nicht alles sehen, oder?", fragte Ronnie.

„Wow!", Tom sah ihn überrascht an. Du hast dir bereits eine Menge Gedanken gemacht!" Und dann erklärte er, wie er sich das vorstellte. „Hört sich an, wie Malen nach Zahlen!", kommentierte Mariana. „Ja, so ähnlich. Ist nicht die

Methode, die ich sonst empfehlen würde, aber für unseren Zweck ist sie perfekt. Nur so können wir die Aufgabe überhaupt bewältigen, weil jeder daran mitarbeiten kann. Auch du, Mama. Du machst doch mit?", er fragte so, als ob er die Antwort bereits kenne.

„Klar! Ich könnte zwei Leintücher aneinandernähen. Und wenn wir den Stoff an eine Stange hängen und unten auch noch eine Stange zur Stabilität anbringen, dann ist auch alles sichtbar."

„Großartig!", fand Tom. „Aber du kannst auch eine Stelle ausmalen."

„Ja, wenn ich gebraucht werde, gerne."

„Dann wäre das geklärt. Nun brauchen wir nur noch einen Entwurf. Zeig mal deine Zeichnungen, Ronnie. Vielleicht können wir etwas davon verwenden."

„Ja, aber ich bin nicht gut. Nicht so wie du. Es sind nur Zeichnungen ohne Farbe!"

Mariana musterte ihn kurz und meinte:

„Hast du Angst, dass du nicht gut genug bist? Ich glaube, mein lieber Sohn sollte dir mal seine Zeichnungen aus dem ersten Semester zeigen. Er ist nämlich auch nicht perfekt auf die Welt gekommen."

„Mama", sagte Tom und spielte den Vorwurfsvollen. „Was sagst du denn da? Hast du vergessen, dass ich schon bei meiner Geburt einen Pinsel in der Hand hatte?"

„Ja, sicher", lachte Mariana. „Und ich bin in Wirklichkeit die Ameisenkönigin." Sie lachten beide und Tom umarmte seine Mutter.

Ronnie schluckte und war neidisch darüber, wie sehr Mutter und Sohn in Zuneigung verbunden waren. Dann wandte sich Tom wieder an Ronnie:

„Nein wirklich, du musst nicht perfekt sein. Das ist ja gerade das Schöne an der Kunst. Man hört nie auf zu lernen. Du glaubst gar nicht, wie oft ich mich als absoluten

Nichtskönner empfinde, sobald ich ein neues Thema begonnen habe. Aber es ist wahnsinnig aufregend, immer wieder Neues dazuzulernen. Ich möchte nichts anderes machen als das! So, und jetzt lass sehen. Ich werde nicht lachen, versprochen!"

Ronnie öffnete sein Heft und zeigte ihm als Erstes, was er am ersten Tag im Kellerraum gezeichnet hatte. „Wow, die sind gut, die sind sogar richtig gut. Du hast keine Farbe, aber Licht und Schatten sind perfekt ausgearbeitet."

„Das ist wunderschön", sagte nun auch Mariana.

Endlich konnte Ronnie wieder richtig durchatmen. Tom blätterte weiter und stieß auf das merkwürdige Zeichen. „Was ist das?"

„Keine Ahnung, ich habe es von der Kellerwand abgemalt."

„Das haben wir gleich!", meinte Tom und fotografierte es mit seinem Handy ab.

„Es ist ein hebräisches Zeichen und bedeutet Haus. Wäre interessant zu wissen, warum genau es dort unten ist. Ich habe keine Ahnung, wie man das herausbekommen könnte. Wir haben im Augenblick auch genug damit zu tun, eine Zukunft für das Haus und uns zu erreichen. Ich hoffe, dass wir das schaffen."

Sie überlegten hin und her, was auf die Leintücher gemalt werden könnte.

„Was hältst du davon, wenn wir von allen Bewohnern Porträts malen?" schlug Ronnie vor. Er genoss es, dass Tom ihn wie einen gleichwertigen Kollegen behandelte.

„Wow, was für eine hervorragende Idee! ", rief Tom. „Wir könnten es so machen, dass sie ein Transparent in der Hand halten, auf dem steht: *Wir bleiben hier!* Sozusagen ein Bild im Bild."

Ronnie fand die Idee großartig und sah schon alles vor sich. Nur wie sollte man das umsetzen?

„Wie wäre es, wenn du die Zeichnungen unter der Woche machst, und am Wochenende übertragen wir deinen Entwurf zusammen auf das große Leintuch?", sagte Tom. „Ich bringe alles mit, was man dazu braucht."

„Ich hoffe nur, dass das alles so funktioniert. Ich muss am Montag erst einmal mit meiner Mutter klären, ob ich ganz offiziell hier wohnen darf. Ich weiß noch nicht, ob das gelingt."

Tom hob die Augenbrauen und sah ihn aufmunternd an: „Jule aus der WG glaubt, dass das Jugendamt dir mit Sicherheit helfen wird. Und die muss es ja wissen. Das wird schon!"

Gespräch mit Mutter

Ana und Mariana hatten ihm gesagt, dass er seine Mutter in ihrer Mittagspause um 12:30 Uhr im Café Wolke treffen solle. Es war bereits 12:40 Uhr. Ronnie hatte sie hineingehen sehen und konnte sich nicht entschließen, ihr zu folgen. Sie würde ihm sicher nicht erlauben, bei Josip und Ana zu bleiben. Das passte nicht in ihr Familienbild. Und auch nicht in ihr Bild von der „guten Mutter". „Ich bin doch eine gute Mutter!", wollte sie oft von Ronnie bestätigt wissen.

Verdammt noch mal, nein! Sie war keine gute Mutter. Eine gute Mutter sollte nicht zulassen, dass ihr Kind verprügelt wird. Eine gute Mutter sollte sich auch nicht selbst verprügeln lassen. Eine gute Mutter sollte ihr Kind gegen alle Ungerechtigkeiten verteidigen.

Vor kurzem noch hatte Ronnie eine kleine Szene in der Paulinenstraße beobachtet. Ein Auto stand auf dem Gehweg, das bei einem Kind offensichtlich große Bewunderung erregte. Es strich vorsichtig mit seinen kleinen Fingern über den Lack der Kotflügel. Die Mutter stand daneben und beobachtete ihren Sohn mit liebevoller Aufmerksamkeit. Ronnie sah an ihren Lippenbewegungen, dass sie etwas zu dem Jungen sagte. Vielleicht: „Sei vorsichtig!", oder so etwas. Aber sie hielt ihn nicht davon ab, denn offensichtlich sah sie weder für das Auto noch für ihr Kind eine Gefahr. Plötzlich stürmte der Eigentümer aus dem gegenüber liegenden Laden, drückte sich an der Mutter vorbei und schob den kleinen Jungen zur Seite. „Nimm sofort deine schmutzigen Finger von meinem Daimler!", schrie er ihn an. Dann zog er ein Staubtuch aus der Hosentasche und polierte vorsichtig die berührte Stelle.

Das Kind drückte sein Gesicht in den Rock seiner Mutter und brach in lautes Weinen aus. Dabei zuckte sein kleiner

Körper heftig. Die Frau straffte ihre Schultern. „Was fällt Ihnen ein? Schreien Sie mein Kind nicht an! Wenn Sie nicht wollen, dass man Ihr Auto anfasst, parken Sie es eben nicht auf dem Gehweg. Der ist für die Fußgänger!" Sie nahm den Jungen auf den Arm und streichelte zärtlich über sein Haar, während er sein Gesicht an ihrer Schulter verbarg. Dabei flüsterte sie ihm beruhigende Worte ins Ohr.

In Ronnies Magen breitete sich ein Ziehen aus. So eine Mutter hätte er auch gerne. Eine, die ihrem Mann entschlossen gegenübertritt und ihm deutlich macht, dass sie keine Gewalt duldet. Weder gegen sich noch gegen ihr gemeinsames Kind. Eine, die ihn verlassen wird, wenn er sie beide noch einmal anrührt und es dann auch tut. Das wünschte er sich mehr als alles andere. Aber ihm war klar, dass sich dieser Wunsch nicht erfüllen würde.

Was also sollte er jetzt machen? Zu Josip und Ana zurückkehren, ohne es wenigstens versucht zu haben, war nicht möglich. Damit wären sie nicht einverstanden. Er könnte behaupten, es sei alles okay, seine Eltern würden zustimmen. Aber er benötigte eine schriftliche Einverständniserklärung. Das hatten die beiden ihm sehr deutlich gemacht. Schließlich gab er sich einen Ruck und ging entschlossen auf das Café zu. Er entdeckte seine Mutter sofort, nachdem er die Tür geöffnet hatte. Sie saß an einem Tisch in der hinteren Ecke, eine Kaffeetasse vor sich. Sein Brief lag daneben, jedenfalls schien sie ihn zu lesen. Sie wirkte traurig. Wieso nur hatte er sie allein gelassen? Vielleicht würde noch alles gut werden. Vielleicht könnte er sie überreden, dass sie endlich seinen Vater verließ.

Sie blickte hoch und bemerkte ihn. Während er zum Tisch ging, faltete sie den Brief zusammen und steckte ihn in ihre Handtasche.

„Hi, Mama", sagte er unsicher, während er den Stuhl zurückzog und sich ihr gegenübersetzte. „Hallo Ronnie". Sie blickte ihn an, als sähe sie ihn zum ersten Mal. Kurz nur, dann wandte sie den Blick ab. In ihrem Gesicht erkannte er die Spuren der Handschrift seines Vaters. Äußerlich sah man nur ein gepflegtes Gesicht. Aber auf ihrer linken Seite war das Makeup besonders blickdicht. Vermutlich war darunter alles rot und blau. Oder war es bereits grün und blau? Dann hätte sie die Prügel bereits vor ein paar Tagen bekommen.

Sie sprachen kein einziges Wort, aber Ronnie hoffte, dass sie endlich reden würde. Dass sie ihm endlich sagte, was sie von seinem Brief und seiner Bitte hielt. Aber er wartete vergeblich. Nach einer Weile hielt er das Schweigen nicht mehr aus. Er wollte sie anschreien, wollte sagen: „Rede mit mir!" Aber das ging ja nicht. Sie waren im Café, und es war voll mit Mittagsgästen. „Also sag schon", flüsterte er stattdessen. „Kann ich bei den Szafranskys bleiben, oder nicht?"

Endlich sah sie ihn an. „So fühlst du dich also. Und das ist, was du willst? Willst du das wirklich? Und was ist mit uns, mit deinen Eltern? Was ist mit mir?"

Ronnie zuckte nur mit den Schultern. Was sollte er dazu sagen? Als sie keine Antwort bekam, meinte sie:

„Das kann ich nicht allein entscheiden, das verstehst du doch? Ich glaube aber nicht, dass Papa damit einverstanden wäre."

„Ja klar!", Ronnie bemühte sich nicht, seine Enttäuschung zu verbergen. Er war auch nicht mehr leise. „Papa, Papa, immer nur Papa! Was ist denn los mit ihm? Wie kann man sein eigenes Kind und seine Frau verprügeln? Und komm jetzt nicht wieder mit der ‚Er hat es so schwer'-Nummer! Wir haben es mit ihm um einiges schwerer! Wie lange willst du denn noch Rücksicht auf den Typen nehmen?!"

Sie sah ihn verwundert an. „Du bist ganz schön hart geworden. Haben dir deine neuen Freunde das eingeredet?"

„Es braucht mir keiner etwas einreden! Dafür, dass ich 'hart' bin, habt ihr ganz allein gesorgt. Du auch. Du bewahrst lieber den Schein der heilen Familie, anstatt dich auf meine Seite zu stellen. Die tolle Familie sind wir schon lange nicht mehr - falls wir das überhaupt jemals waren." Im Aufstehen sagte er: „Vergiss es! Ich komme nicht mehr zurück!"

Er schob ruckartig den Stuhl zur Seite, so dass er beinahe umfiel. „Warte doch, Ronnie!", rief ihm seine Mutter noch hinterher, aber Ronnie hatte genug. Es war wie immer: Sie konnte sich einfach nicht für ihn entscheiden. Sein Vater hatte mal wieder gewonnen, er gewann immer. Das ergab alles keinen Sinn. Er riss die Tür auf und rannte hinaus, ohne sich noch einmal umzudrehen.

Er lief durch die Straßen, ohne zu sehen, wohin er lief und wer ihm begegnete. Er stieß mit Passanten zusammen, ohne sie wirklich zu bemerken und ohne sich zu entschuldigen. Josip und Ana warteten sicher bereits auf ihn und sorgten sich. Aber er konnte nicht klar denken. In ihm brodelte eine wilde Mischung aus Wut, Verzweiflung und Hoffnungslosigkeit. Was konnte er noch tun? Klar, es gab einen Plan, den sie zusammen mit Jule und Daniel ausgearbeitet hatten, aber der war mit zu vielen Fragezeichen besetzt! Würde ihm das Jugendamt wirklich helfen? Und würden sie zustimmen, dass er bei Josip und Ana blieb oder müsste er ins Heim, wie sein Vater immer gedroht hatte? Warum halfen ihm Ana und Josip? Er würde ihnen nur Probleme machen. Vermutlich würde sein Vater gleich zum Anwalt rennen und gegen die Inobhutnahme klagen. Würde er dann von der Polizei abgeholt und mit Gewalt zurückgebracht werden? Und dann? Seine Eltern konnten ihn nicht einsperren, schließlich müsste er ja zur Schule gehen. Oder doch? Dann könnte er wieder ausreißen. Aber dann wäre er wirklich auf der Straße. Dann hätte er keine andere Wahl, denn sie wussten ja nun, wo er war. Am meisten fürchtete er sich allerdings davor, wozu der Zorn seinen Vater noch verleiten könnte. Er hatte Angst davor, dass er keine Grenzen mehr fand und ihn womöglich totschlagen würde. Er brauchte nur an dessen meist blutunterlaufenen Augen und sein unkontrolliertes Geschrei denken. Wenn sich seine Stimme vor Raserei überschlug und man die einzelnen Worte nicht mehr verstehen konnte.

Und dann diese Schmerzen, die kaum auszuhalten waren. Ja, er hatte beschlossen, wegen „diesem Arsch" nicht mehr zu heulen. So nannte er seinen Vater insgeheim. Meist schaffte er es auch, sich daran zu halten. Aber es war schwer, so verdammt schwer! Gar nichts zu fühlen hieß auch, weder Freude noch Glück zu empfinden. Aber was waren Freude und Glück schon? Er kannte nur dauerhaften Schmerz, und den konnte er nicht mehr ertragen.

Er hatte nicht darauf geachtet, wohin er gelaufen war. Erst jetzt bemerkte er, dass er die Stufen seines Geheimwegs wie ein Rasender hochgestürmt sein musste. Im Buchwald wurde er sich der Welt um sich herum wieder bewusst. Die Sonne streckte ihre Finger durch das Laub. Die Blätter tanzten leicht im Wind und die Brombeerranken trugen vereinzelt erste Blüten. Ronnie atmete tief ein und sog die Gerüche von feuchter Erde und Pflanzen in sich auf. Der Vogelgesang um ihn herum brachte seine Gedanken endlich zum Schweigen. Für einen Moment setzte er sich auf einen der umgestürzten Baumstämme und sah sich an den vielfältigen Grüntönen satt, bevor er sich langsam auf den Weg zu Ana und Josip machte.

Maßnahmen

Zimmer 164, Frau Lange, hatte der Angestellte an der Info erklärt, als sie ihn gefragt hatten, wo sie hinmüssten. Ana und Josip hatten Ronnie begleitet, sie schlugen vor, draußen zu warten, bis er sie hereinrufe. Ronnie stand vor der Tür und hob die Hand, um zu klopfen, nur um sie gleich wieder zu senken. Sollte er tatsächlich dort hineingehen? Was, wenn sie ihn dann ins Heim steckten, oder ihn zwangen, nach Hause zu gehen? Sein Herz führte einen wilden Tanz auf. Aber sie hatten alles durchgesprochen. Jule hatte mit ihrem Chef die rechtlichen Möglichkeiten beleuchtet. Am Ende war es die einzige Idee, die vielleicht funktionieren könnte.

Endlich klopfte er. Nach einer Schrecksekunde hörte er das „Herein!" und öffnete die Tür. Frau Lange saß vor ihrem Computer am Schreibtisch. Sie war eine zierliche Person, nicht mehr ganz jung, denn in ihren Haaren waren bereits vereinzelte graue Strähnen zu sehen. Ihre Augenfarbe konnte er hinter der randlosen Brille nicht sehen, denn sie blickte auf ein Papier auf ihrem Schreibtisch. Sie schrieb noch ein paar Zeilen, dann blickte sie ihn an. Er bemerkte die feinen Fältchen um ihre Augen. *Freundliche Augen.* Hoffentlich täuschte er sich nicht.

„Was kann ich für dich tun?", fragte sie, „Oder soll ich dich besser siezen?"

„Sie können mich ruhig duzen, ich bin erst 15!", antwortete Ronnie.

„Okay, also, was kann ich für dich tun? Vielleicht sagst du mir erst einmal deinen Namen."

„Ich heiße Ronnie, Ronnie Glasowsky, und ich bitte um Inobhutnahme!"

Sie blickte ihn an und schwieg einen Moment. „Das heißt, du willst nicht mehr nach Hause? Sagst du mir auch, wieso? Es braucht nämlich einen guten Grund für eine solche Maßnahme."

Ronnie zog sein T-Shirt aus und drehte sich um, damit sie seinen Rücken sehen konnte. „Reicht das?"

Frau Lange zog scharf die Luft ein. „Puuh, das sieht schlimm aus. Was auch immer dir passiert ist, es ist nicht nur einmal geschehen, stimmts? Wer war das?"

„Das war mein lieber Herr Vater. Er prügelt gerne, wenn er besoffen ist, und das ist er täglich. Und wenn er mich nicht prügelt, dann prügelt er eben meine Mutter oder uns beide! Verstehen Sie jetzt, warum ich nicht mehr nach Hause kann?"

Er wollte es sachlich sagen, doch während die Worte aus ihm herausbrachen, fiel zum ersten Mal seine Coolness zusammen. Wütend wischte er sich eine Träne von den Wimpern.

„Okay, Ronnie, du kannst dich wieder anziehen", sagte Frau Lange. Dann wartete sie, bis er wieder auf seinem Stuhl saß und bat ihn, alles zu erzählen.

Er berichtete nicht nur von den Prügelattacken, Drohungen und Einschüchterungen, sondern auch davon, dass er keinen Ansprechpartner in der Schule hatte. Davon, dass seine Mutter es nicht fertigbrachte, ihren Mann zu verlassen und davon, dass er keine Hoffnung mehr gehabt hatte. Dass er erst durch Josip und Ana wieder Hoffnung gefunden hatte, und dass die beiden nun draußen saßen und seine Pflegeeltern sein wollten. „Ich kann sie hereinholen. Dann kann ich legal bei ihnen leben."

Er wollte schon aufstehen, aber Frau Lange hielt ihn auf. „Das sollten wir zuerst einmal in Ruhe besprechen."

Sie erklärte ihm die rechtliche Lage und dass eine Inobhutnahme nicht einfach sei. Dass seine Eltern darüber informiert werden müssten und dagegen Widerspruch einlegen könnten. „Angesichts deiner Verletzungen kommt eine Inobhutnahme jedoch infrage. Letzten Endes muss aber ein Gericht darüber entscheiden, und das könnte dauern. Das sollte dir bewusst sein."

Sie schlug ihm vor, seine Eltern zu einem Gespräch einzuladen, um ihnen ihre Erlaubnis abzuringen. Allerdings wäre das Jugendamt auch verpflichtet, die Sache zur Anzeige zu bringen. Was vermutlich bedeuten würde, dass sein Vater ins Gefängnis käme und die Mutter zumindest wegen unterlassener Hilfeleistung ebenfalls angeklagt würde.

Ronnie erschrak. Sein Vater im Gefängnis? Und er wäre schuld? Dann könne er sicher nie mehr nach Hause. Man würde ihn nicht nur als Sohn eines Säufers auslachen, sondern auch noch als Sohn eines Kriminellen verachten.

Die Sozialpädagogin schlug vor, Josip und Ana nun hereinzuholen und mit ihnen gemeinsam darüber zu reden.

„Ihr habt mir nicht gesagt, dass ich dann schuld daran bin, dass mein Vater ins Gefängnis muss! Und dass meine Mutter auch mit einer Klage rechnen muss!"

Frau Lange fasste zusammen, was sie Ronnie erklärt hatte. „Das wusste ich nicht", sagte Josip. „Aber wenn ich daran denke, was er dir und auch deiner Mutter angetan hat, hält sich mein Mitleid in Grenzen. Vielleicht kommt er im Gefängnis zur Vernunft! Ich sehe doch, wie du leidest. Dass du keine Nacht ruhig schläfst und Angst vor der Dunkelheit hast. Du hast aber Glück und Freude verdient, wie jeder andere Mensch auch!"

Ana wandte sich an die Sozialpädagogin. „Wissen Sie, Ronnie ist uns zugelaufen wie ein verlassener Hund. Vielleicht hätten wir ihn zurückschicken sollen, aber im Ernst, hätten Sie das gemacht? Ein Kind, das eine solch große Not hat, zu den Verursachern dieser Not zurückschicken? Ich bitte Sie!"

Sie redete und redete, Frau Lange lächelte nur freundlich. „Er ist auch wirklich solch ein liebenswerter Junge", fuhr Ana fort, „er muss erfahren, dass die Welt auch noch andere Seiten hat als die schreckliche, die er bisher kennengelernt hat. Also es wäre schön, wenn Sie uns helfen könnten, damit Ronnie bei uns leben kann."

Frau Lange schob ihre Unterlagen zur Seite, sah Ronnie an und sagte:

„Das ganze Procedere würde lange dauern, es gibt aber einen Weg, der vielleicht Erfolg hat. Da eindeutig eine Gefährdungslage vorliegt, ist sicher, dass wir dich offiziell in Obhut nehmen. Wir können dich also gar nicht zurückschicken. Wir könnten dich stattdessen in einer betreuten Wohngruppe unterbringen."

Dann wandte sie sich an Josip und Ana:

„Da Ronnie erklärt hat, dass er bei Ihnen leben möchte, haben wir einen eindeutigen Willen. Trotzdem haben die Eltern noch das Aufenthaltsbestimmungsrecht. Mein Vorschlag ist, sie zu einem gemeinsamen Gespräch aufzufordern. Wenn wir ihnen ihre Lage bewusst machen, werden sie möglicherweise schnell einverstanden sein, noch bevor es einen richterlichen Beschluss gibt."

„Wie schnell geht das?", wollte Ronnie wissen.

„So schnell wie möglich, denn zurück kannst du nicht mehr. Ich schicke ihnen noch heute eine Vorladung zum Gespräch."

„Muss ich dabei sein?", fragte Ronnie.

„Ja, aber du wirst nicht mit ihnen allein sein müssen."

Ronnie atmete auf. Ana erhob sich und nahm ihn in den Arm, jedoch nicht, ohne ihn vorher um Erlaubnis zu fragen. Nachdem sie noch ein paar Formulare ausgefüllt hatten, konnten sie endlich dahingehen, wo hoffentlich in Zukunft Ronnies zuhause sein würde.

Ein möglicher Neuanfang

Ronnies Herz schlug ihm bis zum Hals, seine Hände waren schweißnass, seine Augenlider flatterten. An diesem Tag sollte auf dem Jugendamt das Gespräch mit seinen Eltern sein. Frau Lange hatte ihrer Hoffnung Ausdruck verliehen, dass alles gut gehen würde. Aber Ronnie wusste, wie unberechenbar sein Vater war. Er hoffte nur, dass er nicht gleich losbrüllte oder seine Alkohol-Fahne durch den Raum wehte. Frau Lange hatte ihm vorgeschlagen, ein paar Minuten früher zu kommen, damit er nicht gleichzeitig mit den Eltern eintreffen würde. Vor diesem Zusammentreffen hatte er eine Höllenangst.

Ana und Josip warteten auch dieses Mal draußen auf die schriftliche Vereinbarung, die am Ende des Gesprächs herauskommen sollte. Ihre Anwesenheit gab Ronnie Sicherheit. „Wir sind in Gedanken bei dir. Denke immer daran!", versuchte Josip ihm Mut zu machen.

Nun saß er mit Frau Lange und einem weiteren Mitarbeiter des Jugendamts im Besprechungszimmer und wartete auf seine Eltern. Endlich ein Klopfen. Die Tür wurde bereits aufgerissen, ehe Frau Lange ihr „Herein!" rufen konnte. Sein Vater hatte sich in Schale geworfen und war ganz der Gentleman, der er manchmal sein konnte. „Guten Morgen! Wo dürfen wir uns setzen?", fragte er höflich, als käme er zu einem Vorstellungsgespräch. Ronnie kannte diese Art von Fröhlichkeit. Es gab sie nur nach außen, nur um den Schein der heilen Welt zu wahren. Wenigstens hatte er noch nicht sein Alkohol-Limit erreicht. Er hatte sich bestimmt einen kleinen genehmigt, um sich einfach gut zu fühlen. Ohne Alkohol war er beinahe noch unerträglicher als mit. Frau Lange wies auf die Stühle und während sie sich setzten, blickte seine Mutter unsicher nach unten.

Sie hatte dunkle Augenringe und ihre Mundwinkel zuckten leicht. Ronnie hatte Mitleid mit ihr. Aber solange sie sich nicht von seinem Vater trennte, konnte er ihr nicht helfen. Nein, rief er sich selbst zur Ordnung. Sie konnte sich nur selbst helfen, das hatte er inzwischen verstanden.

„Ich habe Sie eingeladen, um mit Ihnen darüber zu sprechen, wo Ronnie in Zukunft leben wird. Er hat uns eindeutig erklärt, dass er nicht mehr nach Hause will. Er – "

„Na klar, er hat Angst", fiel sein Vater ihr ins Wort, „er hat auch allen Grund dazu. Schließlich hat er mich im Keller eingesperrt. Aber Junge, das ist alles vergeben und vergessen. Du hättest Hausarrest bekommen, wenn ich dich in die Finger bekommen hätte. So ein bisschen Hausarrest schadet niemandem. Aber nun habe ich mich wieder beruhigt. Wir gehen am besten gleich zusammen nach Hause!"

„Niemals!", rief Ronnie aufgeregt. „Ich gehe nicht nach Hause. Auf keinen Fall!"

„Ich glaube, Sie haben die Lage nicht ganz erfasst. Ronnie hat uns seinen Rücken gezeigt. Ich nehme an, Sie wissen, wie der aussieht und wer dafür verantwortlich ist!"

„Was ist mit seinem Rücken? Sie wissen ja, Jungs in dem Alter zeigen sich nicht mehr nackt vor ihren Eltern", versuchte Ronnies Vater die Situation wegzulachen.

„Ich glaube, Sie wissen genau Bescheid. Ronnie sagt, dass Sie ihn schlagen, wenn Sie Alkohol getrunken haben, und das regelmäßig."

„Das ist eine Unverschämtheit! Was fällt dir ein? Gut, ich trinke hin und wieder mal ein Glas, aber ich schwöre Ihnen, ich bin nie betrunken, und ich habe noch nie die Hand gegen meinen Sohn erhoben! Stimmt doch, Ellen!", wandte er sich an Ronnies Mutter. „Sag doch auch mal was!", forderte er sie auf.

Aber Frau Lange unterbrach ihn und erklärte, dass der Amtsarzt Ronnie untersucht und eindeutige Spuren von körperlicher Misshandlung auf dessen Rücken bestätigt habe.

„Daran bin ich aber nicht schuld. Wer weiß, mit wem er sich da geprügelt hat. Sie wissen ja, Jungs in dem Alter können ihre Kräfte manchmal nicht richtig einschätzen."

„Das wird letzten Endes das Gericht klären! Dorthin haben wir die Angelegenheit gemeldet. Darüber müssen wir hier also nicht diskutieren. Wenn allerdings festgestellt wird, dass Ronnies Aussage stimmt, werden Sie sicher eine Haftstrafe antreten müssen. Und auch Sie, Frau Glasowsky, werden sich wegen unterlassener Hilfestellung verantworten müssen."

Seine Mutter zuckte zusammen und sah beunruhigt zu seinem Vater auf. Auch der wurde nun unruhig. Damit hatte er wohl nicht gerechnet. „Was läuft denn hier für eine Schweinerei ab?", brüllte er los und Ronnie fürchtete schon das Schlimmste. „Sie werden wohl nicht den Lügen eines pubertierenden Jugendlichen glauben!" Er war aufgestanden und baute sich drohend vor dem Tisch auf. Frau Lange blieb ruhig. „Bitte setzen Sie sich wieder. Ich möchte nicht unsere Sicherheitskräfte rufen müssen. Ich habe Ihnen nur die gesetzliche Lage erklärt und möchte Ihnen einen Vorschlag machen."

Nachdem sich sein Vater endlich wieder gesetzt hatte, sprach Frau Lange weiter. „Ronnie hat uns gebeten, ihn in Obhut zu nehmen, und nachdem er erzählt hat, was bei Ihnen zu Hause los ist, haben wir keine andere Wahl als das zu tun, bis ein Gericht klärt, ob Ihr Sohn bei Ihnen sicher ist oder nicht. In Obhut nehmen kann heißen, dass wir ihn in eine betreute Wohngruppe bringen. Aber da Ihr Sohn seinen eindeutigen Willen bekundet hat, bei Familie Szafransky leben zu wollen, möchten wir diesem Willen gerne Rechnung tragen. Angesichts dessen, dass Sie ohnehin die nächste Zeit mit einer Gefängnisstrafe zu rechnen haben, ist Ihr Einverständnis, Ronnie dort leben zu lassen, sicher für das Gericht ein gutes Zeichen, das sich möglicherweise positiv auf die Dauer der Haftstrafe auswirkt!"

Endlich schaltete sich auch Ronnies Mutter ein und flüsterte ihrem Mann etwas ins Ohr. „Lass uns das Formular unterschreiben. Du willst auch bald wieder zu Hause sein!"

Sein Vater sah seine Mutter an, als hätte er sie noch nie gesehen. Ronnie kannte ihn gut genug, um zu wissen, was sein Vater darüber denken würde. Eine Abreibung zu Hause war fällig. *„Du bist mir in aller Öffentlichkeit in den Rücken gefallen!"* würde er ihr Zuhause an den Kopf werfen. Und das musste natürlich bestraft werden. So tickte sein Vater. Aber dieser sagte nichts mehr, zog die Einverständniserklärung zu sich heran und setzte wortlos seine Unterschrift darunter.

Dann wandte er sich an Ronnie und sagte kalt: „Glaub nur nicht, dass du nochmals nach Hause kommen brauchst. Ich will dich nie mehr sehen!"

Seine Mutter legte bittend ihre Hand auf den Arm ihres Mannes, aber unter seinem drohenden Blick blieb sie stumm.

Ronnie hatte die meiste Zeit geschwiegen, aber nun schleuderte er seinem Vater entgegen: „Da mach dir mal keine Gedanken! Ich komme ohnehin nicht mehr nach Hause, solange du da bist!"

Er wusste nicht, woher er den Mut nahm. Vielleicht, weil er seinem Vater endlich nicht allein gegenüberstehen musste, und weil vor der Tür Menschen auf ihn warteten, die ihm nur das Beste wünschten. Mehr wagte er nicht zu hoffen, aber das war schon sehr viel.

Draußen streckte er den Szafranskys das Formular entgegen und ließ sich von ihnen umarmen. Nun, da die riesige Anspannung von ihm abfiel, schluchzte er lauthals los. Es half auch nicht, dass er die Zähne zusammenbiss. Es gab kein Halten mehr.

Ronnies Zuhause

Es war nicht leicht gewesen, einen Termin mit Ronnies Mutter zu vereinbaren, um Kleidung und Bücher abzuholen, und was er sonst noch alles haben wollte.

Heute wollten sie das erledigen, und Ronnie war unruhig. Er wollte seinem Vater nicht begegnen. Josip hatte zwar vereinbart, dass Gregor Glasowsky an diesem Tag nicht zu Hause war, aber bei ihm musste man immer mit Überraschungen rechnen.

Josip staunte, als er das Haus sah, in dem Ronnies Eltern lebten. Am Hang liegend wirkte es wie ein hochherrschaftliches Haus aus der Gründerzeit. Eine große holzgeschnitzte Eingangstür öffnete sich zu einem Flur mit Steinfußboden in Schachbrettmuster und einer breiten Treppe mit gedrechseltem Handlauf aus dunkel gebeiztem Holz.

Er hatte sich nur wenige Gedanken darüber gemacht, wie Ronnie wohl wohnen könnte, aber Josip ahnte bereits, dass es weit entfernt von ihrem Lebensstil war. Als sie die Stufen hochstiegen, warf er einen Blick aus dem Treppenhausfenster. Überrascht blickte er auf ein kleines Gartenparadies mit Blumenwiese, ein paar Sträuchern und Bäumen. An der obersten Stufe hatte man außerdem einen beeindruckenden Blick über ganz Stuttgart.

Wie es wohl in der Wohnung aussah? Immerhin war es die Wohnung eines gewalttätigen Alkoholikers. Ordnung war vermutlich nicht das oberste Prinzip in diesem Haus, obwohl Ronnie immer äußerst penibel alles aufräumte, was er benutzt hatte. Wahrscheinlich, weil er sich bei Ana und ihm eher als Gast in einer fremden Umgebung fühlte und nicht als Familienmitglied. Das würde sich hoffentlich ändern, wenn er seine eigenen Dinge mit in sein Zimmer nehmen konnte.

Als Ronnie die Tür aufschloss, kam ihnen Frau Glasowsky entgegen und bat sie herein. Sie sah aus, als wolle sie gleich zur Arbeit gehen. Ein roter Hosenanzug mit weit geschnittenem Jackett umschmeichelte ihre schlanke Figur, die Haare frisch geföhnt und geschminkt, so wie immer, wenn er sie bisher gesehen hatte. Um ihr auffallend schmales Handgelenk trug sie eine feine Goldkette und ebenso zarte Ohrringe lenkten von ihren Augen ab, die trotz aller Bemühungen eines Lächelns matt und glanzlos wirkten. Daran konnte weder Kajal noch Mascara etwas ändern.

Josip erfasste den Flur mit einem kurzen Blick. Er war sicher mehr als zweimal so groß wie ihr Wohnzimmer, aber es war nichts darin außer einer Garderobe, einem großen Spiegel und einigen Bildern. Alles in diesem Raum wirkte durch die gedeckten Farben eher gedämpft auf Frau Glasowsky in ihrem roten Outfit.

Also doch kein Chaos! Wie es dann wohl in Ronnies Zimmer aussah? Er kannte einige Jungendzimmer und wusste noch ganz genau, wie seines in Ronnies Alter ausgesehen hatte. Hätte seine Mutter nicht hin und wieder die Teller mit den Essensresten eingesammelt, wäre sein Zimmer wahrlich ein Paradies für Fliegen, Mäuse oder Ratten geworden.

Doch auch in Ronnies Zimmer zog sich das Ordnungsprinzip durch. Alles war hinter verschlossenen Türen oder in Schubladen verstaut. An einer Wand hing ein Poster von Mozart, wie Ronnie ihn aufklärte, als dieser bemerkte, dass Josips Blick daran hängen blieb. Ringsherum hingen jede Menge verschiedenster Zeichnungen. Comic-Zeichnungen ebenso wie Schwarzweiß-Fotos. Diese waren besonders beeindruckend und zeigten Meereswellen, einen Atompilz, aber auch einige bemerkenswerte Portraits. Besonders beeindruckte Josip das Portrait einer jungen Frau, die zu schlafen schien.

„Die sind von Robert Longo, einem amerikanischen Künstler," meinte Ronnie. „So wie er würde ich gerne zeichnen können!"

„Ach, das sind gar keine Fotos?"

„Nein, das sind alles Kohlezeichnungen. In Wirklichkeit sind die riesig. Ich finde sie grandios. Manchmal kommt es mir vor, als würde ich diese Frau bereits kennen, weil sie so wirklich aussieht."

„Da hast du dir aber was vorgenommen, wenn du so zeichnen können willst. Aber wenn man etwas ganz fest will, kann man es auch erreichen", bekräftigte Josip Ronnies Wunsch.

„Bist du deshalb so ordentlich?"

„Wie meinst du das?"

Josip kratzte sich am Kopf. „Na ja, Jungs in deinem Alter haben eine gewisse Neigung zu, sagen wir mal, kreativem Chaos. Aber hier ist alles gut organisiert!"

Ronnie sah sich in seinem Zimmer um, als sähe er es zum ersten Mal, dann schmunzelte er.

„Ich weiß, was du meinst. Aber ich brauche die Ordnung, damit ich mich nicht zu sehr verzettele. Sonst könnte ich nicht zeichnen."

Während sie sich unterhielten, hatte Ronnie noch ein paar Dinge in seinen Rucksack gepackt, der nun neben den beiden Koffern stand, die seine Mutter bereits vorbereitet hatte. Darunter waren nicht nur Malsachen, sondern auch sein Tagebuch.

Als sie fertig waren, stand er unsicher vor seiner Mutter. Sollte er sie umarmen oder nicht? Aber er konnte doch nicht gehen, als wäre sie eine Fremde, die er eben mal besucht hatte, oder? Zögernd nahm er sie in den Arm, doch er spürte ihre Zurückhaltung. Ihre Arme hingen steif am Körper herunter, und da blieben sie auch. „Dann eben nicht!", dachte Ronnie trotzig und löste seine Umarmung auf. Wortlos drehte er sich um und verließ die Wohnung.

„Auf Wiedersehen, Frau Glasowsky", sagte Josip und folgte Ronnie.

Tagebuch

Es ist so viel passiert, seit ich von zu Hause weg bin. Wenn ich alles aufschreiben wollte, was ich seitdem erlebt habe, müsste ich einen Roman schreiben. Vielleicht mach ich das später einmal.

Ich war so verzweifelt, dass ich einfach abgehauen bin. Ohne nachzudenken und ohne Plan. Wenn ich nachgedacht hätte, hätte ich mich wahrscheinlich niemals getraut. Dann hätte ich mich fragen müssen, wie und wovon ich leben sollte. Aber ich konnte einfach nicht mehr – nicht so. Alles war immer schlimmer und schlimmer geworden.

Hätte ich nur schon früher Menschen wie Josip und Ana gefunden. Sie sind so nett und immer für mich da. Sie behandeln mich wie ihr eigenes Kind. Ihres haben sie verloren. Das ist so traurig – aber wahrscheinlich könnte ich sonst nicht bei ihnen sein.

Ich habe Angst, dass sie vielleicht bald genug von mir haben, weil ich so viel Störendes in ihr Leben bringe.

Wie es Mutter wohl geht? Sie bleibt trotz allem. Ja, kann sein, dass es nicht so leicht wäre. Sie müsste einen Umzug organisieren, ohne dass er vorher etwas bemerkt, müsste umziehen, wenn er mit seinen Saufkumpanen unterwegs ist. Doch dann bräuchte sie Freunde und Freundinnen, die ihr helfen, denn allein kann sie das nicht schaffen. Aber sie hat ja niemanden mehr. Ihre Freundinnen haben sich alle nacheinander zurückgezogen, sogar ihre beste Freundin Natalie. Wer will auch schon Zeit mit Leuten verbringen, bei denen einer immer tobt und die anderen sich wegducken, damit sie nicht auffallen? Natalie hat am längsten ausgehalten. Einmal habe ich gehört, wie sie zu Mama gesagt hat: „Du musst hier weg!". Aber Mama wollte nichts davon hören. Sie hat tausend Gründe genannt, aber tatsächlich gab es nur einen. „Er braucht mich, er kann nicht ohne mich!" Jetzt kommt auch Natalie nicht mehr. Wozu sollte sie auch, wenn Mama immer nur arbeitet und arbeitet und duldet und leidet? Josip und Ana sagen, ich könne nichts machen. Nur sie selbst kann etwas ändern. Dass sie da hineingerutscht ist, weil sie helfen wollte. Aber ich weiß nicht, was das für eine Hilfe sein soll, wenn man selbst so viel arbeitet, dass der andere davon seinen Alkoholkonsum decken kann. Aber es hilft nichts, darüber nachzudenken. Immerhin kann ich hier manchmal alles vergessen und das Leben genießen. Ich hoffe nur, dass es so bleibt.

Übersetzungsfehler

„Wir müssen endlich das Kinderzimmer ausräumen", sagte Josip ein paar Tage später nebenbei, so als wäre es nichts anderes als den Keller aufzuräumen. Er blickte auf seine Schuhe, als hätte er darauf ein Staubkorn entdeckt. Als Ana nicht antwortete, schaute er sie an. Sie schmunzelte. Doch bevor sie etwas sagen konnte, stand Ronnie ruckartig auf: „Warum wollt ihr mich loswerden? Ich habe gedacht, ich kann bei euch bleiben! Wo soll ich denn jetzt hin?"

In seiner Stimme lag alle Verzweiflung der Welt. Er drehte sich um, lief mit eingezogenen Schultern ins Kinderzimmer und warf sich auf das Sofa. Josip zögerte kurz. Ana schickte ihn nur mit einem Blick hinterher. Als er ins Kinderzimmer kam, packte Ronnie bereits seinen Rucksack. Josip setzte sich neben ihn und legte den Arm um seine Schulter: „Jetzt hör mal auf mit dem Quatsch! Du musst dir abgewöhnen, jedes Mal die Flucht zu ergreifen, wenn die Dinge anders erscheinen, als du sie haben willst!"

„Und was soll ich stattdessen machen? Euch anflehen, dass ich bleiben kann? Das werde ich sicher nicht tun. Wenn ihr mich nicht haben wollt, will ich auch nicht bleiben!"

Josip schüttelte den Kopf. „Mensch, Junge, darum geht es überhaupt nicht. Wieso denkst du, dass wir dich loswerden wollen? Meinst du, wir hätten uns so für dein Bleiben eingesetzt, um dich dann gleich wieder wegzuschicken? Was denkst du nur von uns?"

Ronnie schaute ihn verwirrt an.

„Wieso, du hast gesagt, dass das Kinderzimmer ausgeräumt werden soll!"

Josip schüttelte den Kopf und musste nun auch schmunzeln.

„Natürlich! Weil du kein Kind mehr bist. Du bist ein Jugendlicher, also brauchst du auch ein Jugendzimmer. Darum geht es. Du brauchst ein eigenes Bett, damit du nicht länger auf dem Sofa schlafen musst, du brauchst einen Schreibtisch, an dem du deine Hausaufgaben machen oder am Computer spielen kannst. Was du sicher nicht brauchst, ist ein Wickeltisch und eine Babywiege und Spielzeug für Babys, oder?"

„Du meinst", sagte er und zögerte leicht, „ihr wollt das Zimmer für mich neu einrichten?"

Als Josip nickte, umarmte er ihn stürmisch und hielt sich minutenlang an ihm fest.

„Danke, dass ihr das für mich tun wollt. Und entschuldige bitte. Ich habe gedacht, ihr habt es euch anders überlegt. Schließlich bin ich nicht euer Kind!"

Josip hielt ihn von sich weg und sah ihm ins Gesicht.

„Nein, das bist du nicht. Aber spielt das eine Rolle? Wir haben dich gern, und wir haben versprochen, uns um dich zu kümmern. Deine Eltern und das Jugendamt haben zugestimmt, also ist alles gut! Ich war mir nur nicht sicher, wie Ana reagieren würde."

Ana war inzwischen hinzugekommen.

„Ronnie, du musst nicht an uns zweifeln." Sie nahm Ronnie kurz in den Arm. „Es stimmt, du bist nicht unser Kind, aber wir haben uns immer ein Kind gewünscht, und nun bist du hier. Es ist wie ein Geschenk, über das wir sehr glücklich sind."

„Vielleicht kann ich es dir erklären!", fuhr sie fort. „Als ich unser Kind verloren hatte, war ich unendlich traurig, bin es auch jetzt noch manchmal. Deswegen fürchtete Josip sich vor meiner Reaktion. Damals, als ich endlich schwanger war, waren wir überglücklich und haben früh damit begonnen, dieses Zimmer einzurichten. Es hat so viel Freude gemacht. Wir haben beide davon geträumt, wie es sein wird, wenn unser Kind darin schläft und spielt, wie es krabbelnd den Raum vermisst und mit seinem Blick dem Windspiel über der Wiege folgt. Wie es lächelt, wenn es uns sieht, wie wir es trösten, wenn es traurig ist, und wie wir abends an seinem Bett sitzen und ihm vorlesen. Auch, wie er seine Freunde mit nach Hause bringt und später vielleicht seine erste Freundin. Das alles haben wir uns ausgemalt, bis ich plötzlich im 6. Monat keine Bewegung mehr gespürt habe. Als ich zum Arzt ging, habe ich schon geahnt, dass etwas nicht stimmt, aber ich hoffte noch. Nun, es war zu spät. Unser Kind war tot, bevor es den ersten Atemzug tun konnte. Das ist jetzt schon einige Jahre her, aber der Schmerz darüber hört nie auf. Deshalb habe ich so an diesem Zimmer festgehalten. Josip nannte es immer meinen Altar für ein Ungeborenes. Jetzt bist du hier, und das ist schön. Du bist so ein liebenswerter Junge, und wir werden dich nicht im Stich lassen, solange du bei uns bleiben willst. Darauf kannst du dich verlassen!"

Das schien Ronnie endlich zu begreifen.

„Und wann wollen wir das machen? Das Zimmer neu einrichten?", fragte er vorsichtig.

Josip schaltete sich wieder ein. „Was hältst du von gleich? Heute haben Ana und ich frei, wir könnten also zu IKEA fahren und Möbel für dich aussuchen und sie anschließend zusammenbauen."

Ronnie war unendlich erleichtert. Auf der Fahrt plapperte er unaufhörlich, erzählte von der neuen Schule und davon, wie er Svenja erst im Aufzug und dann im Klassenzimmer wiederbegegnet war. Als sie dann vor Ort waren, war er voller Tatendrang und wollte gleich losstürmen. „Sollen wir nicht zuerst einen Kaffee trinken und überlegen, was wir alles brauchen?", schlug Ana vor. Aber

Ronnie wollte gleich schauen, was es alles gab. Also liefen sie durch die Gänge und suchten nach Möbeln, die für sein Zimmer geeignet waren. Josip freute sich, wie leicht es war, diesem Jungen eine Freude zu machen.

Kurzzeitig hatte Ronnie sich von ihnen abgesondert, weil er ausprobieren wollte, wie es sich auf dem Bett lag, das er in Erwägung zog, während Ana und Josip gerade noch ein Hochbett betrachteten. „Da ist er ja, das Bürschchen", sagte eine ihm bekannte Stimme.

„Oma, Opa!" Ronnie begrüßte seine Großeltern mit einem leichten Schaudern. Josip erinnerte sich, was Ronnie ihnen über diese Großeltern erzählt hatte. Die Eltern seines Vaters waren nicht gerade seine Freunde. Vor allem seiner Oma gab er wohl eine Mitschuld am Alkoholismus seines Vaters. Sie trank nicht nur gerne, sondern war wohl auch eine starke Raucherin. Josip schaute sie an: ihre Gewohnheiten hatten Spuren hinterlassen. Die Haut war grau und fahl, die Augen leicht gelblich, und ihre Stimme hatte den Charme eines Reibeisens.

Auch über seinen Opa hatte er ihnen nichts Gutes berichtet. Dass er ein richtiger Besserwisser war, der immer nur nörgelte und über alles schimpfte, was ihm über den Weg lief. Es gab nichts, an dem beide Großeltern so viel Freude hatten wie daran, an allem das Schlechte zu suchen.

„Und, bist du nun zufrieden?", wurde Ronnie von seiner Großmutter angepflaumt.

„Was meinst du?"

„Tu nicht so! Bringt seinen eigenen Vater ins Gefängnis und verlässt seine Familie. Was bist du für ein undankbares Kind? Weißt du, dass dein Vater im Krankenhaus liegt? Vor lauter Kummer hat er zu viel getrunken."

Ronnie schaute sprachlos zu Josip und Ana. Ana, die den letzten Satz mitbekommen hatte, stellte sich nun neben ihn.

Sie legte beruhigend den Arm um ihn und wandte sich an seine Großeltern:

„Darf ich fragen, wer Sie sind, und was Ihnen das Recht gibt, unser Pflegekind so anzugehen?"

Sie sahen sie sprachlos an und sein Opa fand zuerst seine Stimme wieder. „Das ist die Höhe. Was bilden Sie sich eigentlich ein? Ich spreche mit meinem Enkelkind, wann ich will."

„Sie sind also Ronnies Großeltern? Ich freue mich, Sie kennenzulernen!", sagte Ana und streckte ihnen freundlich die Hand hin. Ronnies Oma schaute fragend zu ihrem Mann, der schüttelte nur den Kopf, worauf sie ihre Hand eng an den Körper legte, als bestünde die Gefahr, dass man sie ihr wegnehmen könnte. Ana hatte wohl gehofft, Ronnie durch Freundlichkeit vor Vorwürfen schützen zu können, aber da war sie an die Falschen geraten.

„Sie brauchen gar nicht so zu tun, als seien sie zu Ronnies Schutz da. Ich weiß doch, was sie wollen! Geld! Mehr ist es nicht", schimpfte Ronnies Großvater.

Ana war kurz sprachlos, dann warf sie ein: „Sie wissen schon, dass Ihr Sohn ein Alkoholiker ist, der seine Frau und sein Kind regelmäßig verprügelt hat?"

„Blödsinn!", bellte er heraus. „Nur weil mein Sohn ab und zu ein wenig trinkt, ist er noch kein Alkoholiker. Und ein Klaps hat noch keinem geschadet. Das sieht man an mir! Ich wäre nicht der geworden, der ich bin, wenn ich von meinem Vater nicht gelegentlich einen abbekommen hätte."

Josip, der nun auch dazugekommen war, schaltete sich ein. „Das können Sie sehen, wie Sie wollen. Ronnie hat das anders erlebt, und das Jugendamt beurteilt es ebenfalls anders. Dass Sie das nicht erkennen wollen, ist Ihre Sache. Wir werden aber nicht zulassen, dass Sie Ronnie ein schlechtes Gewissen machen, weil er sein Leben gerettet hat. Auf Wiedersehen!"

Damit schob er Ronnie in die andere Richtung. Bereits im Weggehen hörten sie seinen Opa noch hinterherrufen. „He, was soll das? Wieso sein Leben gerettet? Was ist das für eine bösartige Unterstellung? Sie ticken doch nicht richtig!"

Doch Josip blieb nicht stehen, er nahm Ronnies Arm und ging mit ihm zum Möbellager, um die ausgewählten Gegenstände einzuladen. Während sie die Kartons auf den Wagen luden, sprachen sie über diese ärgerliche Episode.

„Mach dir bloß kein schlechtes Gewissen. Du bist nicht verantwortlich für die Entscheidungen deines Vaters", sagte Josip, aber Ronnie war verunsichert. „Wenn ich nicht abgehauen wäre, wenn ich Papa nicht in den Keller gesperrt hätte, dann wäre er jetzt vielleicht nicht im Krankenhaus."

„Ronnie, es ist dein Vater, der sich falsch verhalten hat, es sind deine Eltern, die dir gegenüber verantwortungslos waren. Du bist das Kind, willst aber die Verantwortung übernehmen, die ausschließlich bei den Erwachsenen liegt. Das kannst du nicht, und es wäre auch nicht richtig!"

In Ronnies Kopf waberten die Gedanken ruhelos vor sich hin. Er fühlte sich schuldig und konnte nichts gegen dieses Gefühl tun. Ihn beruhigte auch nicht Josips Bemerkung: „Keiner hat deinen Vater gezwungen zu trinken. Es war seine freie Entscheidung."

Erst als sie zu Hause die Möbelteile aus ihren Verpackungen geschält hatten, konnte Ronnie sich von dem Erlebnis befreien. Er durchschaute schnell, nach welchen Prinzipien die Möbel konstruiert waren, und er war erstaunlich geschickt in der Handhabung der notwendigen Werkzeuge. Voller Begeisterung baute er mit Josip aus den Brettern und Schrauben seinen Schrank, sein Bett und Regal zusammen.

Ana war zwischenzeitlich aus dem Haus gegangen und kam erst nach zwei Stunden mit einem Paket wieder, dass sie vor Ronnie abstellte.

„Kannst du das bitte mal für mich öffnen? Ich bin gerade zu müde dafür!" Ronnie öffnete bereitwillig die Verpackung.

„Was ist das?"

Vor ihm stand eine Art Holzkoffer. „Mach auf", sagte Ana. Als er erkannte, was es war, war er sprachlos. Ana hatte eine Tischstaffelei gekauft, in der man auch Farben und Stifte verstauen konnte und die wie ein Koffer zusammenklappbar war.

„Du kannst sie auf dem Tisch benutzen, aber auch überallhin mitnehmen", erklärte Ana.

Ronnie strich vorsichtig über das Holz. Sein geflüstertes „Danke" hatte Ana trotzdem gehört und sie lächelte glücklich.

Als sie mit allem fertig waren, war es bereits Abend. Wie eine kleine Familie standen sie im Zimmer und betrachteten ihr gemeinsames Werk. „Heute Nacht wirst du also in einem Hochbett schlafen. Oder zuvor darunter an deinem neuen Schreibtisch sitzen." Sie blickten gemeinsam auf die Regalbretter über dem Sofa, in denen nun Ronnies Bücher und ein paar Dinge standen, die für ihn wichtig waren – seine Zeichenhefte und sein Zeichenmaterial, und ein paar seiner eingerahmten Zeichnungen. Denn auch daran hatten sie gedacht. Josip sah, wie Ronnie sich besonders darüber freute. Seine Kleidung und der Rucksack waren im Schrank verstaut. Den Rucksack würde er in Zukunft nur für Outdoor-Aktivitäten brauchen.

Eine Entdeckung

„Du willst mich also zeichnen?", fragte Frau Hegmann, als Ronnie ein paar Tage später mit dem Zeichenblock und seiner Tischstaffelei bei ihr erschien. „Muss ich dazu stillsitzen?"

„Das wäre gut, sonst wird es schwierig", meinte Ronnie. Er war nervös, denn immer noch fürchtete er, zu versagen. Bisher hatte er nur selten Menschen gezeichnet. In der Schule mal den Lehrer, wenn ihn der Unterricht langweilte, oder seine Oma, wenn sie dazu bereit war. Aber er hatte sich nie getraut, fremde Menschen zu zeichnen. Die Zeichnungen zeigten zwar immer eine gewisse Ähnlichkeit, aber ganz zufrieden war er selten. Vielleicht sollte er sich von Tom zeigen lassen, worauf man bei Gesichtern achten musste.

„Was hältst Du davon, wenn wir erst einmal einen Tee trinken?", schlug sie vor und stand auch schon auf, um das Wasser aufzusetzen. Ronnie war dankbar über den Aufschub und beruhigte sich allmählich. Während das Wasser kochte, holte sie Tassen und Teller und stellte ein paar Plätzchen auf den Tisch. Beim Teetrinken und Plätzchenessen plauderte sie mit ihm, fragte ihn nach seinen Lieblingsfächern, erzählte, wie lange sie schon im Haus lebte, und allmählich entspannte er sich.

„Darf ich mal die Zeichnungen in deinem Heft sehen?" Ronnie schob ihr sein Heft hin. Nachdem sowohl Tom als auch seine Mutter die Zeichnung gelobt hatten, war er nicht mehr so ängstlich. Sie blätterte Seite für Seite um und sah sich alles ganz genau an. Auch sie gab ihrer Begeisterung Ausdruck. Dann kam sie auf die Seite, die er im Keller gezeichnet hatte. „Was ist das für ein Zeichen? Das sieht hebräisch aus."

„Ist es wohl auch. Tom hat es nachgeguckt und festgestellt, dass es HAUS heißen soll. Ich hab es im Keller gefunden. Keine Ahnung, wer das dorthin geschrieben hat."

Frau Hegmann strich mit zittrigen Fingern über Ronnies Zeichnung. „Aber ich vielleicht", sagte sie und legte ihre Hand aufs Herz. Dann sprach sie mit leiser Stimme: „Oh Gott, wenn es das ist, was ich denke, dann ist es vielleicht ein Zeichen."

„Was für eins?"

„Das weiß ich noch nicht. Ich kann mir nur vorstellen, wer es dahin geschrieben hat. Ich glaube, wir sollten es uns an Ort und Stelle ansehen", schlug sie vor und stand auf. „Und wir sollten Josip gleich mitnehmen!"

Auf dem Weg in den Keller klingelte Frau Hegmann bei Josip und bat ihn, sie zu begleiten. Während sie die Stufen hinuntergingen, erzählte sie etwas zusammenhangslos von einem jüdischen Tuchhändler, der das Zeichen vielleicht gemacht habe. „Es muss etwas zu bedeuten haben, einfach so hätte er solch ein Zeichen nicht hinterlassen", sagte sie aufgeregt.

Ronnie ging voraus, um ihnen zu zeigen, wo er das Zeichen gefunden hatte, und deutete auf die Wand. „Ich hab die Gläser aus dem Regal genommen, um sie zu zeichnen, und da hab ich es gesehen. Ich wusste nicht, dass es etwas zu bedeuten hat."

Josip sah genau hin und klopfte gegen die Wand. „Hier ist ein Hohlkörper. Der Mauerstein ist lose. Ich hole eben ein Werkzeug, damit ich drankomme."

Kurze Zeit später kam er mit einem Schraubendreher und einem Hammer zurück. Vorsichtig stach er mit dem Schraubendreher in die Lücke und lockerte den Stein, bis er ihn herausnehmen konnte. Dann griff er in die entstandene Öffnung und zog eine schwarze Ledermappe heraus. „Wahnsinn", sagte er, nachdem er einen Blick hineingeworfen hatte. „Das sind Eigentumspapiere für das Haus, ausgestellt auf den Namen David Mandelstam, einem Tuchhändler. Sie sind von 1929!"

„Oh mein Gott!" Frau Hegmann schien sehr bewegt. Sie legte die Hand auf den Mund, als wolle sie verhindern, dass sie die Worte aussprach, die aus ihr herauswollten.

„Können Sie etwas damit anfangen?", fragte Josip.

„Und ob! Aber das ist eine lange Geschichte, ich glaube, ich muss mich erst einmal setzen."

„Dann gehen wir am besten in unsere Wohnung und Sie erzählen uns, was Sie wissen", schlug Josip vor.

„Nein", sagte sie schwer atmend. „Noch nicht, bitte. Ich muss erst einmal selbst damit fertig werden."

Wände haben Ohren – zweiter Teil

Im Jahr 1929 hing der, der mich gebaut, an einem Balken unter dem Dach. Er hatte mit Aktien spekuliert und große Kredite aufgenommen. In einer Nacht hatte er alles verloren. Der Schwarze Freitag machte ihn zu einem armen Mann. „Die Schande ertrage ich nicht!", flüsterte er, bevor er sich den Strick um den Hals legte.

Danach kaufte mich David Mandelstam, ein jüdischer Tuchhändler. Im Souterrain lagerten Stoffe in allen Farben und von feinster bis schwerer Qualität. Wie hätte ich ahnen sollen, was wenige Jahre später geschehen würde? Männer in glänzenden Stiefeln und Uniformen kamen ins Haus und zerrten ihn und seine Frau aus dem Bett. Ich habe sie nie wieder gesehen.

Frau Hegmanns Erinnerungen

Sie war noch klein, als das alles geschah. Und sie war sich nicht sicher, wie gut ihre Erinnerung war. Manches wusste sie vielleicht nur, weil ihre Eltern es ihr nach dieser unseligen Zeit erzählt hatten. Als endlich alles vorbei war und sie nicht aufhören konnte nach dem zu fragen, was bis dahin nicht gesagt werden durfte. Wo war Elias? Warum war er plötzlich verschwunden? Und warum kurz darauf auch seine Eltern? Warum hatten sie plötzlich einen neuen Vermieter? Und warum waren die Mandelstams nach all den Jahren nicht wiedergekommen?

Die Männer. Sie erinnerte sich, dass Mutter sie gepackt und in die Wohnung gezerrt hatte, gerade, als sie von ihr wissen wollte, wieso Elias so viele Besucher bekam. Ob sie zum Kaffee kamen, so wie sie selbst manchmal? Es war ungerecht, dass sie nicht zuschauen durfte. Am liebsten hätte sie Mama angeschrien, aber die war auf einmal so seltsam. Sie flüsterte erregt und zog sie fast gewaltsam hinein. Ihre Hände zitterten, und ihr Gesicht war weiß wie das Papier in ihren Schulheften. So klein sie war, sie spürte: Mama hatte Angst. Noch nie hatte sie sie so erlebt. Sie verstand nur nicht, warum. Besuch zu bekommen war etwas Schönes. Aber Mamas Angst löste auch in ihr Ängste aus.

Später erzählte Mama, die Männer hätten die Mandelstams abgeholt, um mit ihnen auf eine Reise zu gehen. Die würde ein wenig länger dauern. Damals war sie noch klein, vielleicht gerade mal acht Jahre. Aber mit der Zeit hatte sie gemerkt, dass etwas nicht stimmte, nicht stimmen konnte. Denn auch die eine oder andere ihrer Klassenkameradinnen war plötzlich nicht mehr da. „Sie sind Juden", sagte manche hinter vorgehaltener Hand. Oder „sie sind Kommunisten". Das war wohl etwas Schlimmes. Sie hatte nur nicht verstanden, warum. Sie sahen genauso aus wie sie, gingen in die Schule wie sie, liebten ihre Eltern wie sie, sie lernten gerne oder ungern, genau wie der Rest ihrer Klasse. Vor allem verstand sie nicht, warum das plötzlich andere Menschen sein sollten. Und vor allem: wohin war ihre Reise gegangen?

Mit Elias war sie bis zu seinem Verschwinden gerne zusammen. Er war nur ein Jahr älter als sie. Oft spielten sie im Garten hinter dem Haus. Er kannte sich mit Pflanzen aus, zeigte ihr die wilden Möhren, die zwischen den Gräsern wuchsen, kannte alle Früchte und Blumen und auch die Namen der Vögel. Das, was im Garten wuchs, verkauften sie einander als „Obst und Gemüse". Mal war sie die Verkäuferin und er der Kunde, mal spielte er den Verkäufer. Er war immer besonders höflich, so wie auch sein Vater es war.

Wenn es draußen kalt oder nass war, spielten sie bei ihm zu Hause. Sie war gerne dort, denn sie mochte seine Mutter. Sie war immer fröhlich und lachte oft mit ihnen. Wenn sie die Wohnung aufräumte oder bügelte, sang sie jiddische Lieder mit ihrer schönen dunklen Stimme. Obwohl sie die Sprache nur zum Teil verstand, hörte sie sie gerne singen. Die Lieder waren ganz anders als die, die sie kannte - fröhlich und übermütig und gleichzeitig melancholisch oder gar traurig.

Als Elias plötzlich nicht mehr da war, hieß es, er sei bei den Großeltern. Dann gingen seine Eltern auf eine Reise, ohne sich zu verabschieden. Sie kamen nie zurück von dieser Reise. Sie war enttäuscht und traurig. Es gab so vieles, was sie nicht verstand, vieles, worüber sie nachdenken musste. Da war der Krieg: Ihr Onkel Bertram war „im Krieg geblieben". Sie stellte sich den Krieg als einen Ort vor, aber warum wollte er dortbleiben und nicht mehr wiederkommen? Alle waren traurig darüber! Später lernte sie, dass Krieg kein Ort, sondern eine Hölle war. Da musste dann also der Teufel sein. „Die roten Teufel", sagten manche, andere sprachen vom „braunen Satan". Überall, wo der Krieg war, starben Menschen, aber man durfte es nicht laut sagen, denn sonst wurde man ebenfalls auf eine Reise geschickt, von der man nicht mehr wiederkam. Lebensmittel gab es nur noch auf Karten, und wenn es etwas gab, musste man stundenlang anstehen, nur um festzustellen, dass man umsonst angestanden hatte, weil alles schon ausgegeben wurde. Wer einen Garten hatte oder auf dem Land wohnte, hatte Glück. Manche ihrer Klassenkameradinnen wurden von den Eltern aufs Land geschickt. Sie erinnerte sich, dass sie sich hauptsächlich von Kartoffeln und Hülsenfrüchten ernährten. Manchmal sammelten sie Brennnesseln und kochten daraus eine Art Spinat. Er sei gesund, sagte Mama. Vielleicht war er das, aber man konnte ihn nicht mit richtigem Spinat vergleichen. Dann kam die Hölle auch zu ihnen: nachts saß man im Keller, weil Bomben auf die Häuser fielen. Es gab einen unterirdischen Gang in die anderen Häuser, für den Fall, dass das Haus über ihnen zusammengebombt wurde, aber sie mussten ihn nie benutzen. Stattdessen kamen die Nachbarn zu ihnen. Ringsum wurden die Häuser getroffen, aber aus irgendeinem Grund blieb ihr Haus verschont. Oma glaubte, der liebe Gott sorgte für sie.

Als sie nach einer dieser Nächte aus dem Haus trat, lag alles in rauchenden Trümmern. Kaum ein Haus war stehen geblieben. Es war, als käme sie in ein fremdes Land. Wie sollte sie sich orientieren? Wo war ihr Zuhause, wo die Schule und das Haus ihrer Großeltern?

Später spielten die Jungs zwischen den Hausruinen Verstecken, kletterten auf die Spitze der Schotterberge. „Du zuerst!", hörte sie sie rufen. Oder „Erster!" Aber sie selbst hatte niemanden mehr zum Spielen. Die meisten ihrer Freundinnen waren auf dem Land, und Elias kam nicht zurück. Dabei wartete sie jeden Tag auf ihn. Sie half Mutter im Haushalt, denn die arbeitete in einer Munitionsfabrik, um wenigstens ein bisschen Geld zu verdienen.

Also übernahm sie immer mehr von der Hausarbeit, denn wenn Mutter nach Hause kam, war sie erschöpft und traurig. Man hörte auch nichts mehr von Vater. Auch er war im Krieg, in der Hölle. Als er nach Kriegsende zurückkehrte, hatte er nur noch ein Bein, und er war nicht mehr der Vater, den sie kannte. Es war, als lebte ein fremder Mann mit ihnen.

Eigentlich hatte sie nur eine sehr kurze Kindheit gehabt.

Von Elias hatte sie nie mehr etwas gehört. Ihre Mutter hatte ihr nach dem Krieg erzählt, dass seine Eltern ihn in die USA zu einem Onkel geschickt hatten. Sie hatten wohl geahnt, was sie erwartete. Auch sie hatten vor, dorthin auszureisen, zuerst jedoch wollten sie ihre Firma auflösen. Und dann war es plötzlich zu spät.

Und nun war da etwas, das Elias gehörte. Vielleicht gehörte ihm sogar dieses Haus? Sie mussten herausfinden, wo er war. Falls er oder seine Kinder noch lebten, falls er welche hatte. Aber selbst, wenn er noch lebte: Er wäre vermutlich zu alt, um sie noch einmal zu besuchen. Er hatte es all die Jahre nicht gewollt und das konnte sie verstehen.

Die Entrümpelungsfirma

Als Ronnie am anderen Morgen in seinem neu einge-richteten Zimmer aufwachte, fiel ihm als Erstes der eigen-artige Fund ein. Frau Hegmann hatte ihnen die Geschichte von Elias und seinen Eltern erzählt und er war erschüttert. Natürlich hatten sie in der Schule über den Hitlerfaschismus gesprochen, er hatte „Das Tagebuch der Anne Frank" und anderes Material gelesen. Es hatte ihn entsetzt, als er zum ersten Mal etwas darüber gehört hatte: Sechs Millionen ermordete Juden, der Krieg mit zwanzig Millionen Opfern. Bei all dem Entsetzen, das diese Zahlen bei ihm ausgelöst hatten, war es so, als hätte er einen Horrorroman gelesen. Es kam ihm in all seiner Grausamkeit nahe und war gleichzeitig so fern. Es war einfach zu krass. Wie konnte es sein, dass Menschen so etwas taten? Steckte etwa in jedem Menschen eine Bestie? Wie konnten die Opfer das aushalten? Die ständige Angst, die Folter, das KZ? Hatten sie noch Hoffnung gehabt, und wenn ja, worauf hofften sie? Warum hatten die einen mitgemacht und die anderen Widerstand geleistet? Und wie konnte es sein, dass heute manche Menschen diese Zeit wieder zurückhaben wollten?

Nachdem Frau Hegmann von ihrer Kindheit und von Elias und seinen Eltern erzählt hatte, war alles plötzlich so nahe. Er würde Frau Hegmann ganz viele Fragen stellen müssen, und er hoffte, dass sie sie beantworten würde.

Als er in die Küche kam, saß Josip Zeitung lesend am Tisch.

„Guten Morgen, mein Lieber! Du hast bestimmt Hunger. Das Frühstück wartet schon auf dich. Und wenn du fertig bist, kannst du mir gleich helfen. Wir müssen das Loch im Keller wieder schließen."

„Wem gehören denn die vielen Kartons im Keller?", wollte Ronnie wissen, während er sich Schokoladencreme aufs Brot schmierte.

„Sie gehören den Helferichs, die in der nun leeren Wohnung gewohnt haben. Sie sind ins Altersheim gezogen und haben nur wenig mitgenommen. Aber da sie bis Ende nächsten Monats Miete bezahlen, gehört der Keller noch ihnen. In den Kartons sind lauter Bücher. Ihr Sohn und ihre Schwiegertochter wollten im Laufe der nächsten Woche vorbeikommen und schauen, welche Bücher sie behalten und welche sie verschenken oder verkaufen wollen. Spätestens da wärst du entdeckt worden", sagte Josip mit einem Grinsen. „Oh", meinte Ronnie und grinste ebenfalls, „da hab ich ja Glück gehabt, dass du schon vorher im Keller warst und mich aufgestöbert hast. Wahrscheinlich wäre ich inzwischen schon eine Mumie!"

Als sie zehn Minuten später die Wohnung mit einem Becher Gips verließen, öffnete sich die Haustür und einige Männer in Arbeitskitteln betraten das Haus. Sie sahen sich kurz um und versammelten sich hinter demjenigen, der vermutlich der Kapo war.

„Darf ich fragen, wer Sie sind und was Sie hier wollen?", wandte sich Josip an die Gruppe.

„Na, was wohl? Entrümpeln." Dabei zeigte er auf das Logo auf ihren Anzügen. Rümpel-Otto. „Wir arbeiten im Auftrag der Firma Radi und sollen heute den Dachboden, die leere Wohnung und den Keller der Helferichs ausräumen."

„Was hat die Firma Radi damit zu tun? Das ist Sache der Helferichs, und soweit ich weiß, haben sie noch einen ganzen Monat Zeit dafür. Und der Dachboden wird von allen genutzt. Den dürfen Sie gar nicht entrümpeln. Schließlich wohnen wir hier noch. Wer ist hier der Chef?"

„Unser Chef ist auf einer anderen Baustelle, aber wir haben einen schriftlichen Auftrag. Wir haben unsere Zeit auch nicht gestohlen und fangen ohne ihn an."

„Es gibt nur ein Problem. Der Firma Radi gehört dieses Haus gar nicht!"

„Was reden Sie da für einen Stuss, Mann?"

„Einen Moment!", sagte Josip und ging in die Wohnung zurück. Er kam mit Ronnies Fundstück wieder ins Treppenhaus und hielt dem Mann die geöffnete Ledermappe hin.

„Eingetragener Eigentümer des Hauses Schwarzenbergstraße zweiundvierzig ist der Tuchhändler David Mandelstam, geboren am 13.02.1897."

Der Mann schaute Josip verständnislos an. „Ja und jetzt? Was wollen Sie mit diesem alten Lappen? Das ist längst Geschichte. Dieser Herr Mandelstam wäre jetzt 125 Jahre alt. Na, den möchte ich mal sehen. Der sieht bestimmt nicht mehr gut aus!"

„Das mag sein! Wenn dieses Haus allerdings von den Nazis enteignet wurde, werden wir herausfinden, wer und wo die Nachkommen sind, damit sie zu ihrem Recht kommen!"

„Und wie kommt die Firma Radi dann an das Haus?"

„Nun, das interessiert sicher nicht nur Sie, sondern bestimmt auch die Presse. Wir werden jedenfalls einen Anwalt einschalten. Für Sie ist hier also erst einmal nichts zu tun!"

„Das muss ich erst mit meinem Chef besprechen!", sagte der Wortführer und nach einem kurzen Telefonat zog die Gruppe murrend ab.

„Ich glaube, wir sollten noch eine Hausversammlung zusammenrufen und einen Anwalt einschalten, der sich auf die Suche nach diesem Herrn Mandelstam macht", sagte Mariana, die den Aufruhr mitbekommen hatte.

„Wir haben beim Mieterverein einen guten Anwalt. Sonst hätte ich nicht so eine große Lippe riskiert. Er weiß sicher, was zu tun ist, wenn wir ihm unser Fundstück zeigen. Vielleicht kennt er jemanden, der sich mit Enteignungen auskennt, aber bis es so weit ist, sollten wir weitermachen wie bisher. Also Ronnie, du bist gefragt, du und Tom", sagte Josip.

„Wenn er am Wochenende wiederkommt, zeigt er dir, wie man deine Idee umsetzen kann. Die Leintücher sind schon genäht", sagte Mariana.

Die Kampagne läuft

„Ach, Ronnie! Komm rein, mein Junge!", empfing ihn Frau Knopf. „Du willst uns sicher malen!"

„Nur zeichnen. Nur einen Entwurf. Das fertige Bild mache ich mit Tom zusammen. Ich hab nicht so viel Erfahrung mit Farbe!"

„Egal. Es ist großartig, dass du das kannst. Was müssen wir denn tun, damit du uns zeichnen kannst?"

„Einfach stillsitzen!", erklärte Ronnie. „Muss ich mich fein machen?" Herr Knopf schien etwas aufgeregt zu sein. „Eigentlich nicht, es soll ein Bild von normalen Leuten sein."

„Was ist schon ´normal`? Es zeigt draußen jeder nur das Gesicht, das die anderen sehen wollen", brummte Herr Knopf vor sich hin.

„Komm, fang nicht wieder so an", versuchte Frau Knopf ihn zu bremsen.

„Ist doch wahr. Wer zeigt sich denn schon so, wie er wirklich ist? Nimm nur mal unseren Herrn Vermieter. Er hat immer getan, als sei er ein Ehrenmann, und dabei hatte er eine uneheliche Tochter!"

„Ja und? Er hat sie zumindest nie verleugnet. Zum Glück muss man heute nicht mehr heiraten, weil man ein Kind bekommt. In unserer Zeit ist so manche Ehe im Grunde eine Zwangsehe gewesen. Man hat wegen der Moral geheiratet. Einer sehr fragwürdigen, wenn du mich fragst. Ich möchte nicht wissen, wie viele Ehen ohne Liebe geschlossen wurden und ob das für die Kinder so gut war. Außerdem war er ein guter Vermieter. In all den Jahren, die wir hier wohnen, gab es keine einzige Mieterhöhung. Und alles andere geht uns nichts an. Lass uns nicht über andere schimpfen, wer ist schon fehlerfrei? Ronnie zeichnet uns, und er muss sich konzentrieren. Also sei still!"

Während Ronnie zeichnete, gingen ihm die Worte von Herrn Knopf durch den Sinn. Traf das nicht genau so auf seine Eltern zu? Nach außen gaben sie sich, wie nannte man das? Jovial? Auf jeden Fall als Menschen von Bedeutung, als wichtige Persönlichkeiten. Wie sein Vater vor Frau Lange vom Jugendamt den Gekränkten gespielt hat, der von seinem pubertierenden Sohn zu Unrecht beschuldigt wurde, das war eine schauspielerische Meisterleistung. Aber Frau Lange war cool. Sie hatte ihm sein Gerede nicht abgenommen, sondern war eindeutig auf Ronnies Seite. Für einen Moment war er sprachlos über das Schauspiel gewesen, das sein Vater ablieferte, gleichzeitig hatte er zum ersten Mal keine Angst mehr vor ihm. Weil da jemand war, der ihm nicht nur glaubte, sondern auch helfen wollte. Inzwischen hatte er sich damit versöhnt, dass sein Vater ins Gefängnis musste. Vielleicht war das seine letzte Chance. Wie oft hatte er am Abend gesagt: „Morgen höre ich auf mit Trinken. Morgen, du wirst schon sehen, mein Engel, ab morgen bin ich clean!" Gefühlt hundertmal hatte er das gesagt. Aber kein einziges Mal hatte der Entschluss länger als bis zum nächsten Morgen gehalten. Dann war es nur ein „kleiner, winziger Schluck", und das war dann immer erst der Anfang, zu dem kein Ende gehörte.

Doch selbst, wenn er trocken wäre, wie sollte Ronnie ihm noch einmal vertrauen? Könnte er die Schläge jemals vergessen? Den Geruch von abgestandenem Wein, dieses Gebrüll, das sich überschlug? Zu viel stand zwischen ihnen. Und seine Mutter? Solange sie an seinem Vater festhielt, konnte er sie nicht ernst nehmen.

Seltsam war nur, dass sein Kopf ihm zwar eine ganz klare Ansage machte, aber etwas in ihm sehnte sich trotz allem gerade nach der Liebe und Zuneigung dieser beiden Menschen, die seine Eltern waren.

„Wie weit bist du denn? Müssen wir noch lange stillsitzen?", unterbrach Herr Knopf seine Gedanken.

„Äh, ich bin gleich fertig, vielleicht noch fünf Minuten!".

Mit Svenja am Froschteich

„Zeig mir deinen Lieblingsort", bat Svenja Ronnie. Die beiden kannten sich nun schon einige Tage. Als er das Klassenzimmer in der neuen Schule betreten hatte, hatte er sie sofort wiedererkannt. Herr Heger stellte ihn der Klasse vor und zeigte auf den freien Platz neben Svenja. Sie riss die Augen auf, als auch sie ihn erkannte. Ronnie vermied ihren Blick, als er sich neben sie setzte. Sie sah ihn prüfend an und flüsterte: „Du hast eine neue Frisur!" Ronnie zuckte mit den Schultern. „Kennt ihr euch?", wollte sein Lehrer wissen. „Nein", sagte Ronnie, und „Ja" sagte Svenja im selben Augenblick. Herr Heger zog verwundert die Augenbrauen hoch und schüttelte den Kopf: „Na gut, macht das unter euch aus!", meinte er und ging zur Tafel, um über den Stoff des Tages zu reden.

Als Svenja ihn später fragte, warum er sie nie angerufen hatte, wand er sich und behauptete dann, er hätte den Zettel mit der Nummer verloren. Sie sagte nichts, aber er hatte das Gefühl, sie hatte ihn durchschaut. Sie kam auch nicht mehr darauf zurück. Dass er Mozart liebte und überhaupt klassische Musik, hatte sie jedoch nicht vergessen. Am nächsten Tag hielt sie ihm in der Pause einen Knopf ihres Kopfhörers hin. Er wusste nicht, was ihn erwartete, aber nach einem kurzen Moment des Hörens schlugen die Wellen über ihm zusammen. Diese Musik war auf eine unbekannte Art schön, aber gleichzeitig von einer solch gewaltigen Trauer, dass er sich ihr nicht entziehen konnte. Es war, als zielte sie mitten hinein in seine eigene Traurigkeit. Er biss die Zähne zusammen, um nicht laut aufzuheulen. Dann riss er sich den Kopfhörer aus dem Ohr und rannte nach draußen, gerade als Herr Heger zur Tür hereinkam. „Wo willst du hin? Der Unterricht beginnt!" „Toilette!", brachte er mit heiserer

Stimme gerade noch zwischen den Zähnen hervor, als er sich am Lehrer vorbeidrückte.

„Was war los?", fragte Svenja, als er zurückkam. „Durchfall", sagte er nur, als ob das alles erklärte. Natürlich hatte sie noch wissen wollen, ob er die Musik mochte. „Das war der zweite Satz der siebten Sinfonie von Beethoven. Ich habe sie neulich im Konzert gehört. Gefällt es dir?" Er ließ nur ein unbestimmtes „Ja, schon" hören und war froh, dass die nächste Stunde begann. Vermutlich dachte sie, dass er nur aus Höflichkeit Ja gesagt hatte. Sie fragte ihn nicht noch einmal, aber sie war enttäuscht. Dabei mochte er sie. Er hatte nicht vergessen, dass sie alles liebte, was schön war und es war so einfach, mit ihr zu reden. Sie war interessiert an den Dingen, die er liebte, und natürlich teilten sie die Liebe zur Musik. Er wusste inzwischen, dass sie Cello spielte und vorhatte, Musik zu studieren, aber er hatte sie noch nie spielen gehört. „Und du, weißt du schon, was du später werden willst?" Er hatte kurz gezögert: „Nein, ich weiß es noch nicht, vielleicht Schreiner oder Maler!" „Du willst Wände streichen?" „Ja, vielleicht auch, aber vor allem will ich Bilder malen, worauf, weiß ich noch nicht!"

Und dann wollte sie, dass er ihr seinen Lieblingsort zeigte. Ihm war sofort der Froschteich eingefallen. Also waren sie mit der Linie fünfundvierzig bis zur Haltestelle Buchwald gefahren und dann durch den Wald zum Dürr- bachweiher gelaufen. Als sie ankamen, quakten alle Frö- sche laut und aufgeregt. Es hörte sich an wie ein Rockkon- zert im Walde, Wacken am Dürrbachweiher. Sie waren zwar beide noch nie in Wacken gewesen, aber hatten schon davon gehört. Vielleicht in drei Jahren, wenn sie achtzehn waren.

Es war kein Frosch zu sehen. Sie hatten sich wohl alle ins Schilf zurückgezogen. Waren sie ihretwegen so aufge- regt? „Schau mal da!", flüsterte Ronnie und deutete auf einen Vogel, der im Baum saß. Offensichtlich ein Graureiher. Den wollten die Frösche also vertreiben. „Wir haben dich gesehen, Bursche, und du kriegst uns nicht, heißt das", meinte Svenja. Nach einigen Minuten war der Vogel weg. Offensichtlich hatte er die Aussichtslosigkeit seiner Lage eingesehen. Der Weiher lag wieder ruhig da, ein paar Wolken und das umgebene Grün spiegelten sich darin. Libellen flogen umher, und die Frösche trauten sich allmählich wieder aus dem Schilf heraus.

Ronnie saß mit Svenja auf der Bank und sie genossen die Ruhe. Nach ein paar Minuten fragte sie: „Was ist mit deinen Eltern? Sind sie tot? Oder warum lebst du bei Pflegeeltern?"

Ronnie zuckte zusammen. Vor dieser Frage hatte er sich gefürchtet. Er war kurz versucht, Svenjas Vermutung zu bestätigen und seine Eltern für tot zu erklären. Aber was wäre, wenn sie wirklich sterben würden? Dann würde er sich schuldig fühlen. Das konnte er nicht. „Glaub mir, das willst du nicht wirklich wissen", versuchte er ihre Frage abzuwehren. Svenja war hartnäckig. „So schlimm?" „Schlimmer als schlimm", stöhnte Ronnie. Sie sah ihn an, als erwartete sie, dass er ihr mehr erzählte. Aber er schwieg. Er konnte es nicht. Noch nicht. In den vergangenen Wochen war er endlich zur Ruhe gekommen. Er hatte versucht, nicht mehr an sein Zuhause zu denken, und immer öfter war ihm das auch gelungen. Stattdessen hatte er das Zusammensein mit Ana und Josip und den anderen im Haus genossen, hatte sich nur manchmal gefragt, warum seine Eltern nicht auch so sein konnten: so aufmerksam, liebevoll und wertschätzend.

Beide blieben ernst, ohne dass alles gleich schwer und aussichtslos wurde, denn, wie sagte Josip immer: „Probleme sind dazu da, dass man sie löst!" Sie konnten über ihre eigene Unbeholfenheit genauso lachen wie über manche

Nichtigkeit im Alltag und machten sich nicht auf Kosten anderer lustig. Manchmal stritten sie auch, aber auf eine ganz andere Art als seine Eltern. Beide vertraten zwar vehement ihre Meinung und versuchten den anderen zu überzeugen, aber sie fanden immer einen Kompromiss. Sie neckten sich viel. Die Streitgespräche hatten ihm zu Beginn große Angst gemacht. Wenn sie sich trennen würden, wäre das schrecklich. Dann wäre er wieder allein. Womöglich stritten sie seinetwegen. Aber ganz allmählich hatte er begriffen, dass sich hinter diesen Konflikten trotz allem eine große Zuneigung verbarg, die ihn einschloss. Zum ersten Mal in seinem Leben fühlte er sich geliebt. Er war vorsichtig mit diesem Wort, denn woher wusste er, dass es so bleiben würde? Hatten seine Eltern ihn früher nicht auch geliebt, bevor sie zu verrückten Monstern mutiert waren? Dennoch war es im Moment so, und er genoss jede Minute. Auch das Zusammensein mit Svenja genoss er, denn die gegenseitige Zuneigung gab ihm Geborgenheit. Das wollte Ronnie nicht in Gefahr aufs Spiel setzen, denn er wollte Zuneigung statt Mitleid.

Das große Malen

„Hast du Lust auf eine Party?", fragte Ronnie Svenja am nächsten Tag. „Immer! Wann und wo?"

„Am Samstagnachmittag bei uns im Haus."

Svenja zog die Augenbrauen hoch. „Am Nachmittag? Hast du dich versprochen?"

„Nein, stimmt schon. Du musst nur was anziehen, was auch schmutzig werden darf", sagte Ronnie mit ernster Miene.

„Ich versteh's nicht. Party, das ist etwas mit vielen Leuten, viel Musik, Lachen und Trinken, man zieht etwas Ausgefallenes an. Wo soll die Party denn sein? Auf dem Dachboden? Muss ich mich vor Spinnen schützen? Ich hab Angst vor Spinnen." Sie schlackerte mit den Armen und verdrehte die Augen.

Ronnie verzog noch immer keine Miene. „Leute, Musik und Lachen, wirst du bekommen. Kommst du denn?", fragte er unsicher. „Spinnen gibt es keine, höchstens Leute, die spinnen!", lachte er.

„Ich bin viel zu neugierig, um nicht zu kommen. Soll ich was mitbringen? Was zu trinken, Musik? Kommen noch andere aus der Klasse?"

„Nein, aus der Klasse kommt niemand. Ansonsten ist alles da", versicherte Ronnie.

Als es endlich Samstag war, kam Svenja in einem roten Overall, der schon einige Flecken hatte. Ronnie führte sie in die Wohnung von Helferichs, wo bereits alles vorbereitet war.

„Was soll denn das für eine Party sein? Das sind beinahe alles alte Leute! Du, ich und dieser Tom sind die jüngsten hier", flüsterte Svenja, nachdem Ronnie ihr die Nachbarn vorgestellt hatte. „Die Leute aus der WG sind zwar nicht ganz so alt, und vielleicht auch nett, aber eine Party hab ich mir wirklich anders vorgestellt. Wo sind die Musik und die Getränke? Ich glaube nicht, dass ich lange bleiben werde."

Man sah ihr die Enttäuschung an.

„Getränke und Essen sind in der Küche, und die Musik kommt gleich. Ach, da ist sie schon", beruhigte er sie und ging zur Tür. Er begleitete Frau Hegmann zu einem Stuhl, neben dem ihr Akkordeonkoffer stand. Er nahm das Instrument heraus und setzte es ihr auf den Schoß. Ein wenig umständlich fuhr sie mit ihren Armen durch die Ledergurte, öffnete dann oben und unten einen Verschluss. Sie spielte noch nicht, denn nun stellte sich Tom in die Mitte und erklärte, was es mit dieser sogenannten „Party" auf sich hatte. Sie sollten die Bettlaken bemalen, die an den Wänden hingen. Darunter standen mehrere Töpfe und Schüsseln sowie eine große Menge an Pinseln.

„Die Zeichnung haben Ronnie und ich schon übertragen!", erklärte Tom und deutete auf die Laken. „Ihr seht in den einzelnen Flächen und auf den Farbtöpfen Zahlen. Ihr müsst nur noch die Farbe auf der jeweiligen Fläche verteilen. Das kann jeder", erklärte Tom. „Wenn ihr etwas trinken wollt, passt auf, dass ihr nicht versehentlich euren Pinsel im Wein- oder Saftglas auswascht und anschließend daraus trinkt. Ich spreche aus Erfahrung!", sagte er lachend.

„Worum geht´s hier eigentlich?", wollte Svenja wissen. Ronnie erzählte ihr in wenigen Worten, was der Anlass ihrer Aktion war und was sie vorhatten. „Du hättest mir sagen sollen, worum es wirklich geht. Ich kann gerne helfen, aber ich war total auf Party eingestellt! Und dann gibt's hier womöglich auch noch ausgerechnet altbackene Akkordeonmusik."

Ronnie fürchtete, sie würde gleich wieder gehen. „Nimm dir erstmal was zu trinken! Die Akkordeonmusik wirst du bestimmt mögen. Wenn nicht, können wir ja später noch auf eine echte Party gehen, wenn Josip und Ana es mir erlauben. Bleibst du? Biiiitte!" Er flehte sie beinahe an.

„Du bist ein echter Nerd, Ronnie Glasowsky, weißt du das?", lachte Svenja und schnappte sich einen Pinsel. Dann nahm sie sich einen der Farbtöpfe und setzte sich auf den Boden. Um sie herum standen die Bewohner vor dem großen Leintuch und taten das Gleiche. Ronnie nahm den Platz neben ihr ein und füllte vorsichtig eine kleine Fläche aus.

Erst als alle mit Malen beschäftigt waren, fing Frau Hegmann an zu spielen. Zunächst nur leise, dann wurde ihr Spiel lauter und kraftvoller. Ronnie, der sie zum ersten Mal aus nächster Nähe spielen hörte, war überrascht über den Klang, der aus diesem Instrument kam. Die Töne füllten den Raum aus wie mit einem großen beständigen Atem.

In Svenjas Gesicht wechselten die Gefühle von einem erstem „Igitt" zu „na ja, gar nicht so schlecht", bis endlich die gleiche Verwunderung, Rührung und Freude in ihren Augen zu sehen war, die auch er empfand. Dabei war die Musik keineswegs nur fröhlich, sondern eine ungewöhnliche Mischung aus Übermut und Melancholie. Anfangs malten alle, ohne zu sprechen und so konzentriert, als hätten sie Angst, etwas falsch zu machen. Immer öfter jedoch wurden kleine Sätze hingeworfen, tauchte Gelächter auf. „Schau mal, das bist ja du!", sagte Frau Knopf zu ihrem Mann und schaute begeistert zu Ronnie. „Du hast ihn wirklich gut getroffen!" „Na, ich hätte eine Krawatte anziehen sollen", meinte der ein wenig mürrisch. Bis ihn seine Frau genervt unterbrach. „Mann, du bist das Modell eines Malers und hängst nicht nur in einer Galerie, sondern an einer Hauswand, wo vermutlich viel mehr Leute vorbeikommen als in einer Galerie. Und in die Zeitung kommen wir auch. Wir werden sicher berühmt und du kannst sagen, dass du nicht nur darauf abgebildet, sondern sogar Mitschöpfer dieses Gemäldes bist. Also nenn mir einen Grund, warum du unzufrieden bist."

Herr Knopf stocke kurz, dann sagte er: „Okay, du hast gewonnen." Und zum ersten Mal sah Ronnie ihn lächeln.

Frau Hegmann beendete ihr Spiel und stand auf, um das Bild zu betrachten, soweit es schon zu erkennen war. „Du meine Güte. Das ist genial. Wie habt ihr das nur gemacht?", wandte sie sich an Ronnie. „Sogar Hexe ist auf dem Bild. Wirklich gut gelungen!"

„Du hast das gemacht?", fragte Svenja und sah Ronnie erstaunt an. „Nein, ich habe nur den Entwurf gemacht. Bei der Übertragung hat Tom geholfen. Er hatte auch die Idee dazu."

„Sei mal nicht so bescheiden!", mischte sich Tom ein, „dein Entwurf ist mega. Ohne ihn hätten wir nichts." „Ja, find ich auch!", meinte Ana, und wandte sich an die Runde: „Haben wir nicht geniale Künstler im Haus? Ich finde, wir könnten den beiden ruhig mal Beifall klatschen!" „Ja", jubelten alle und klatschten laut und anhaltend.

Ronnie blickte verlegen zu Boden. Ihm wurde heiß und kalt, als Svenja ihn anstrahlte, als würde sie ihn zum ersten Mal sehen, und als würde ihr sehr gefallen, was sie sah.

„Ihr seid auch Künstler. Ihr habt das gemalt", sagte Ronnie, um seine Befangenheit zu überspielen, „wir sind aber noch nicht fertig. Lasst uns noch die restlichen Flächen ausfüllen."

„Finde ich auch", meinte Herr Närrisch. „Ich kann mich noch gar nicht erkennen. Du hast mich hoffentlich nicht vergessen?"

„Oh nein,", sagte Ronnie scheinbar erschrocken. Dann lachte er und deutete auf einen Fleck. „Aber Ihre Krawatte habe ich nicht vergessen. Die ist einfach genial! Sie ist im Grunde ein Bild im Bild, vielleicht beachtet man nachher nur noch Ihre Krawatte!"

In ausgelassener Stimmung malten alle noch etwa eine Stunde weiter. Endlich legten auch Tom, Svenja und Ronnie ihre Pinsel zur Seite und traten zurück. Und da war es – ihr Wandbild, das gleichzeitig ein Gemälde war. Alle waren darauf zu sehen. Mariana und Tom mit Hexe, Herr Närrisch und seine knallbunte Krawatte, das Ehepaar Knopf neben Josip, Ana und Ronnie, und zwischen ihnen schauten die Köpfe von Jule, Andreas, Lisa und Daniel heraus. Sie alle standen auf einem Balkon und hielten ein Transparent in Händen: „Wir bleiben hier!"

„Jetzt müssen wir es nur noch auf den Balkon hängen", sagte Herr Närrisch und wollte schon zupacken.

„Jetzt noch nicht!", stoppte ihn Andreas. „Wir hängen es unter den Augen der Presse auf. Die ist schon informiert, wir müssen nur noch sehen, dass wir auch den Anwalt vom Mieterverein mit ins Boot holen."

„Aber wollen wir nicht so schnell wie möglich an die Öffentlichkeit gehen?", fragte Herr Närrisch verwundert. „Sonst kommen uns diese Immobilienhaie noch zuvor!"

„Keine Angst", beruhigte Josip. „Sie haben bereits einen Brief vom Anwalt. Der hat aufschiebende Wirkung. Ich denke, dass wir schon nächste Woche an die Öffentlichkeit gehen können. Vielleicht wissen wir dann auch, ob es noch Nachkommen vom ursprünglichen Eigentümer gibt."

Beruhigt holten sich alle ein Getränk und setzten sich an die aufgereihten Tapeziertische.

„Wenn du jetzt noch auf eine Party gehen willst, dann frag ich Josip und Ana.", wandte sich Ronnie an Svenja. Die überlegte nur kurz und deutete dann auf den Schriftzug im Bild. Damit war alles gesagt.

Erinnerungen

„Kannst du Frau Hegmann diese Tasche mit Einkäufen hochbringen?", fragte Josip Ronnie, als er vom Nachmittagsunterricht nach Hause kam. „Sie fühlt sich heute anscheinend nicht ganz fit."

„Ist sie krank?"

„Ich glaube nicht. Vielleicht war unsere Aktion nur anstrengend für sie."

Ronnie schnappte sich die Tasche mit Gemüse und Obst.

„Ach warte, ich habe hier den Schlüssel. Falls sie zu müde ist, um dir aufzumachen. Stell die Sachen einfach auf den Küchentisch!"

Ronnie ging gleich los, denn er hatte sich mit Svenja zum Whatsappen verabredet. Niemand öffnete, als er klingelte, stattdessen kam von drinnen ein: „Ist offen!" Also drückte er die Klinke und betrat den Flur.

„Ich bin hier", sagte Frau Hegmann. Sie saß am Küchentisch, und schenkte sich gerade eine Tasse Tee ein. Um den Hals trug sie einen Wollschal, vielleicht war sie erkältet.

„Setz dich, aber hol dir zuerst eine Tasse aus dem Schrank, wenn du auch einen Tee magst!"

Kurz zögerte er, aber etwas an ihrem Blick hielt ihn fest. Sie wirkte, ja wie eigentlich? Traurig? Nachdenklich? Vielleicht etwas von beidem.

Als sie ihm Tee eingoss, bemerkte er das Buch, das aufgeschlagen vor ihr lag. Ein altes Fotoalbum. Die Fotos waren alle schwarz-weiß, so wie in den Fotoalben seiner Großeltern. Sie schob es ihm hin. Komisch. Auf alten Fotos wirkten Erwachsene und Kinder immer wie vom Fotografen aufgereiht. So als wären sie leblose Statuen. Außerdem lachten sie selten. Die Stoffe der Kleidung wirkten gröber und schwerer als heutige Kindermode.

„Das hier ist Elias", sagte Frau Hegmann und deutete auf einen etwa zehnjährigen Jungen mit dunklen Augen und lockigen Haaren. Auch er schaute ernst.

„Haben Sie nochmal von ihm gehört, nachdem er verschwunden war?"

„Nein, keiner kannte seine Adresse in den USA. Er hat auch nie versucht, Kontakt mit uns aufzunehmen. Warum sollte er auch? Was sollte er in dem Land, das ihn nicht haben wollte, seine Eltern ermordet hatte und ihnen alles nahm, was sie besaßen?"

„Haben Sie versucht, ihn zu finden?"

„Nein, dafür habe ich mich viel zu sehr für alles geschämt, was unser Land diesen Menschen angetan hat. Und dass man einfach mal schnell irgendwohin fliegt, das war sowieso nicht möglich. Es war teuer, man brauchte ein Visum und so weiter. Und wo hätte ich suchen sollen?"

Ronnie schwieg kurz, während Frau Hegmann weiterblätterte. Dann meinte er: „Soll ich ihn mal googeln? Vielleicht finde ich ihn bei Facebook oder Twitter?"

„Na ja, das sind Möglichkeiten, die ich nicht nutze. Wenn ich Josip richtig verstanden habe, haben sie jemanden von der Initiative Stolperstein gefunden, die schon viele Menschen gesucht und gefunden hat. Aber es schadet ja nichts, parallel zu suchen."

„Was ich trotzdem nicht verstehe", fragte er vorsichtig weiter, „warum konnte das überhaupt geschehen?"

„Habt ihr das in der Schule nicht besprochen? Weil wir alle dumm waren, na gut, nicht alle, aber viel zu viele. Weil wir diesem Verführer geglaubt haben, als er uns den Himmel auf Erden versprochen hat. Die Hölle haben wir stattdessen bekommen! Ich war damals noch ein Kind und habe vieles nicht bemerkt, aber so haben es mir meine Eltern später erklärt!"

„Ich verstehe es trotzdem nicht. Wir haben in der Schule eine Rede von ihm gehört. Man merkt doch sofort, dass der Mann verrückt ist. Schon allein diese Stimme und dieses Geschrei. Der konnte ja gar nicht normal reden. Ich könnte einem solchen Menschen nicht vertrauen." *Das Geschrei erinnert mich an meinen immer betrunkenen Vater. Vielleicht war dieser Hitler auch betrunken. Vielleicht nicht vom Alkohol, sondern von anderen Drogen. Machtdrogen vielleicht. Oder von sich selbst?*

„Du darfst nur nicht vergessen, wie es den Leuten damals ging. Kurz zuvor gab es eine große Weltwirtschaftskrise, und die meisten Menschen hatten plötzlich nichts mehr. Was sie an einem Tag verdienten, war am nächsten Morgen schon nichts mehr wert. Viele verloren ihre Arbeitsplätze. Und da kamen ihnen die einfachen Antworten der Nazis gerade recht. Wenn wir die Juden aus ihren Ämtern und Stellungen vertreiben, geht es uns allen besser. Und wenn wir die Kommunisten wegstecken, die immer hetzen und zu Streiks aufrufen, wird es uns ebenfalls besser gehen. Ja, und so war es auch. Plötzlich gab es Arbeit und damit auch wieder stabile Löhne und Brot. Weil die Rüstungsindustrie hochgefahren wurde. Keiner wollte wissen, dass gleichzeitig die KZs aus dem Boden gestampft und mit allen gefüllt wurden, die mit dem Regime nicht einverstanden waren oder als Sündenböcke dienen mussten. Keiner wollte sehen, dass wir schon mittendrin in den Kriegsvorbereitungen steckten, und die Straßen, die gebaut wurden, vor allem dazu dienten, Panzer zu transportieren!"

Frau Hegmann hatte sich richtig in Rage geredet. Ihre Wangen waren vor Aufregung gerötet. Oder war es Fieber? Mit zitternder Hand nahm sie ihre Teetasse, um einen Schluck zu trinken.

„Hab ich dich erschreckt?", fragte sie.

Ronnie wusste nicht, was er sagen sollte. Ja, Frau Hegmann hatte versucht, zu erklären, warum so viele mitgemacht hatten. Aber richtig verstehen konnte er es immer noch nicht. „Hat denn keiner etwas gegen sie unternommen?" Frau Hegmann seufzte. „Doch, natürlich. Viele haben gewarnt, lange bevor die Nazis an die Macht kamen, und danach immer wieder. Du hast sicher schon von der „Weißen Rose" gehört, die mit ihren Flugblattaktionen versuchten, die Menschen zum Widerstand zu ermutigen. Aber leider hatte niemand Glück. Hitler hatte einfach zu viele Speichellecker um sich herum und ein beinahe perfektes Kontrollsystem – jeder bespitzelte jeden. Trotzdem gab es Widerstand, auch hier in Stuttgart."

„Kannten Sie jemanden, der etwas gegen Hitler gemacht hat?"

„Nein, aber als ich älter war, habe ich einen ehemaligen Polizisten kennengelernt, der von einer Aktion in Stuttgart erzählte. Gleich zu Beginn wollte Hitler eine Rede in Stuttgart halten, die über das Radio übertragen werden sollte. Er hatte gerade begonnen, als der Ton abbrach. Ein paar junge Kommunisten hatten mit einem Beil das Übertragungskabel durchtrennt. Das machte Schlagzeilen in ganz Deutschland. Der Polizist erzählte, dass er mit seinen Kollegen in das Waldheim gefahren ist, wo sie die Akteure vermuteten, um sie vor dem Zugriff der Nazis zu warnen. Aber irgendjemand hatte sie wohl doch verraten, und sie landeten im KZ.

Frau Hegmann unterbrach sich. „Weißt du, der Widerstand hörte trotzdem nie auf. Aber es ist so wichtig, dass wir nie mehr in eine solche Situation geraten."

„Aber wie wollen wir das verhindern?" Ronnie war betroffen und ratlos. „Reden, Ronnie, wir müssen reden. Zum Beispiel darüber, was damals geschehen ist. Deshalb ist es so wichtig, dass du dieses Zeichen und die Mappe entdeckt hast. Und dass wir nicht still bleiben, sondern das Unrecht öffentlich machen! Und du?", wechselte sie das Thema, „wie geht es dir auf der neuen Schule? War das deine Freundin? Ist ein nettes Mädchen."

„Nein, sie ist nur eine Klassenkameradin", wehrte Ronnie ab.

„Also für mich sah das anders aus. Ich glaube, die mag dich richtig gern. Na ja, was nicht ist, kann noch werden", fügte sie lächelnd hinzu, als sie Ronnies Verlegenheit erkannte. „Sie passt auf jeden Fall gut zu dir! Aber jetzt lasse ich dich in Ruhe. Ich glaube, ich lege mich ein wenig hin. Du findest bestimmt allein raus", sagte sie und ging zu ihrem Schlafzimmer. Dabei stützte sie sich beim Gehen an der Wand ab. „Ist alles in Ordnung?", fragte Ronnie beunruhigt. „Alles gut!", antwortete sie und öffnete die Tür zu ihrem Schlafzimmer. Unentschlossen blieb er noch einige Sekunden stehen, nachdem sie die Tür bereits geschlossen hatte. Dann machte er sich auf den Rückweg.

Auf Svenjas Baum

„Gehen wir ins Schwimmbad oder kommst du mit auf meinen Baum?", fragte Svenja nach der Schule.

Ronnie fürchtete die mitleidigen Blicke, die sein Rücken womöglich nicht nur bei Svenja auslösen würde, und wollte sich ihnen nicht ausliefern. Es war vielleicht seltsam, aber er schämte sich dafür. Die anderen Jungs in seinem Alter hatten auch ihre Unvollkommenheiten, Pickel im Gesicht, eine überlange Figur, schlaksige Arme und Beine, aber davon abgesehen, waren sie perfekt. Aber diese Flecken auf seinem Rücken erzählten mehr über sein bisheriges Leben, als er preisgeben wollte.

„Lieber auf deinen Baum", sagte er also und sie verabredeten sich für den späten Nachmittag.

Der Baum war inzwischen mehr oder weniger ihr gemeinsamer Baum. Verdeckt von den Blättern und unter dem leichten Säuseln des Windes konnten sie unbefangen über alles Mögliche reden. Über die Schule, ihre gemeinsame Liebe zu klassischer Musik, und Ronnie genoss diese Gespräche. Er war sich zwar Svenjas Anwesenheit bewusst, musste ihr aber beim Erzählen nicht ins Gesicht sehen.

Svenja wollte mehr wissen über die Geschichte mit dem Fund und über Frau Hegmann, die sich noch an die Mandelstams erinnern konnte. Ronnie erzählte, was er wusste. „Beeindruckende Frau!", meinte Svenja. „Ja, ist sie. Obwohl ich sie manchmal nicht so richtig einschätzen kann. Stell dir vor, sie nennt die Amsel, die vor ihrem Fenster singt, Rosalie. *‚Rosalie begleitet mich, wenn ich Akkordeon spiele.'* Oder *‚Hörst du sie? Da ist sie wieder, meine Rosalie, und singt mit mir zusammen!'* „Ich habe es zuerst bezweifelt, aber es war wirklich so. Sobald sie zu spielen begann, zwitscherte die Amsel umso lauter und beinahe im Takt der Musik. Was denkst du? Kann das sein oder reden wir uns das ein?"

Svenja bog die Zweige ein wenig zurück und sah Ronnie ins Gesicht. „Es ist zumindest eine interessante Idee. Was meinst du, was sie sagen?"

Ronnie dachte nach, dann grinste er. „Vielleicht so etwas wie: „Guten Morgen, lieber Ronnie. Schau nur, wie schön der Tag heute wird. Oder: Verdammt, heute regnet es aber heftig. Mein Gefieder ist schon völlig ruiniert". Svenja lachte laut und machte weiter: „Vielleicht erzählten sie sich auch nur gegenseitig etwas, zum Beispiel: *Die Party gestern Abend war so was von geil! Wer war eigentlich der lauteste Sänger? Rudi etwa? Nein, Rudi doch nicht, der säuselt doch nur, das war Falco. Weiß doch jeder, dass er weit und breit der beste Sänger ist!* „Na ja, so etwas in der Art vielleicht."

Sie lachten beide. „Ein interessanter Gedanke, da könnte man lange philosophieren, wie es mit den Beziehungen zwischen Mensch und Tier ist. Aber mehr noch interessiert mich, wie es kommt, dass du klassische Musik liebst? Spielen deine Eltern ein Instrument?", wollte Svenja wissen.

Svenjas Eltern musizierten beide, der Vater spielte Klavier und die Mutter Cello, so wie Svenja.

„Nein, Musik spielt bei uns keine Rolle", sagte Ronnie bedauernd. „Mozart habe ich zum ersten Mal im Kindergarten gehört, als unsere Erzieherin uns etwas vorgespielt und uns von ihm erzählt hat. Seitdem liebe ich Mozart. Ich wollte erst gar nicht glauben, dass er nicht mehr lebt. Seine Musik war mir so nahe."

„Warst du schon mal in einem Konzert? Es ist unglaublich, wie stark Musik wirkt, wenn man sie live hört. Der Klang geht richtig durch dich hindurch!", meinte sie begeistert.

Ronnie dachte an das Vivaldi-Konzert. Das war etwa zwei Jahre her. Gerade, als er überlegte, was davon er ihr erzählen wollte, sagte sie: „Rutsch ein wenig rüber, dann kann ich mich neben dich setzen!"

„Warum?", fragte Ronnie ein wenig erschrocken. „Ist schöner, oder? Dann kann ich dir ins Gesicht sehen und muss nicht immer das Laub zur Seite schieben, wenn ich dich sehen will", sagte sie unbefangen.

„Na gut", gab er nach und rutschte auf dem Ast nach außen. Es knackte und Ronnie versuchte noch sich an einem anderen Ast festzuhalten, aber er war nicht schnell genug und fiel unsanft auf den Boden.

„Oh Gott, Ronnie!", rief Svenja und kletterte nach unten. „Ist alles okay mit dir?", fragte sie besorgt.

„Ich glaube schon", sagte er und versuchte aufzustehen. Aber er sank mit einem kleinen Aufschrei zurück ins Gras. „Mein Fuß!", jammerte Ronnie.

Svenja sah sich den Fuß an. „Verdammt, ich ruf den Krankenwagen!"

Ronnie wollte widersprechen, doch der Schmerz war inzwischen so heftig, dass er sich nicht vorstellen konnte, wie er damit nach Hause kommen sollte. Während sie warteten, bis Hilfe kam, entschuldigte sich Svenja immer wieder. „Oh Mann, Svenja, das hilft mir jetzt auch nicht!", versuchte Ronnie sie zum Schweigen zu bringen. Glücklicherweise näherte sich der Krankenwagen bereits nach kurzer Zeit. Die Sanitäter hoben ihn auf eine Trage und schoben ihn in den Krankenwagen.

„Sagst du Josip und Ana Bescheid!", konnte er Svenja gerade noch bitten, dann schloss sich die Tür, und das Auto fuhr los.

Im Krankenhaus

Ronnie blickte sich um, als er aufwachte. Das war nicht sein Zimmer und nicht sein Bett. Der metallene Nachttisch neben dem Bett erinnerte ihn daran, dass er in einem Krankenhaus war: Er war vom Baum gefallen und hatte sich einen Bänderriss eingefangen. Tibialis posterior, hatte man ihm gesagt, vermutlich hatte er auch eine Gehirnerschütterung davongetragen, zumindest wollte man ihn deshalb noch ein paar Tage zur Beobachtung hierbehalten. Der Fuß war mit einer Schiene ruhiggestellt, und dank der Schmerzmittel tat es kaum weh. Aber es war heiß im Zimmer, obwohl das Fenster geöffnet war, und es juckte unter seiner Schiene. Wie sollte er nur kratzen?

Gerade, als er sich nach einem geeigneten Werkzeug umsah, ging die Tür auf und Svenja kam herein. Sie hatte eine kleine Sonnenblume dabei, die sie auf dem Nachttisch abstellte.

„Mach die Hand auf."

„Was, wieso?" Er zog die Hand zurück, als erwarte er Schläge.

„Deshalb" sagte Svenja und zeigte ihm den USB-Stick zwischen ihren Fingern. „Ich hab dir meine Lieblingsmusik aufgespielt. Außerdem ein Hörbuch – damit dir nicht langweilig wird."

Ronnie stieg Hitze ins Gesicht. „Danke!"

„Es tut mir so leid, dass du meinetwegen vom Baum gefallen bist! Ich fühl mich schrecklich deswegen. Wie geht es dir?" Svenja sprach ohne Pause, was sie sonst nie tat. Sie musste sehr durcheinander sein.

Doch bevor er antworten konnte, ging die Tür erneut auf und Josip schaute sorgenvoll ins Zimmer.

„Ach Ronnie, tut mir so leid, dass du bei dieser Hitze hier herumliegen musst. Ich habe bereits mit dem Arzt gesprochen, du wirst wohl noch ein paar Tage hierbleiben müssen. Deshalb hab ich dir deinen Zeichenblock und Stifte mitgebracht. Wie ist das denn passiert?"

Doch kaum hatte Ronnie den Mund geöffnet, ging die Tür erneut auf und seine Eltern stürzten sich auf ihn. Sein Vater machte seinen Anspruch auf ihn damit deutlich, dass er Josip grob zur Seite schob. Er sah etwas deplatziert aus, hatte aber offensichtlich seine beste Kleidung angezogen, die er sonst nur zu *sehr wichtigen Terminen* trug. Er hatte schwarze Lackschuhe an, deren Glanz den Blick sofort auf seine Füße lenkte.

Er hat sich die Haare gegelt, fiel Ronnie auf ebenso wie die Ringe unter seinen geschwollenen und leicht gelblichen Augen. Die rote Nase und die gelbliche Haut schienen noch schlimmer geworden zu sein. *Man sieht ihm den Säufer an.*

Ronnie versuchte sich kleinzumachen. Er hielt die Situation kaum aus und wäre am liebsten verschwunden. Da stand Svenja, die sich um ihn sorgte, daneben Josip, der genau wusste, was ihm guttat, und beide wurden von diesem Mann zurückgedrängt, von dem er in den vergangenen Jahren nur Geschrei, Drohungen und Prügel kennengelernt hatte.

„Was willst du?", fragte er von unten herauf. Die Hände hatte er in die Bettdecke gekrallt.

Sein Vater zog die rechte Augenbraue hoch, so wie er es immer tat, bevor er laut wurde.

„Ich verstehe die Frage nicht? Natürlich meinen Herrn Sohn besuchen, weil er Blödsinn gemacht hat und vom Baum gefallen ist!"

„Woher weißt du das überhaupt?"

„Von wem wohl? Vom Krankenhaus. Wir sind deine Eltern, schon vergessen? Wir werden dich auch mit nach Hause nehmen, wenn du hier wieder rausdarfst!"

Ronnie blickte erschreckt zu Josip. „Nein, das glaube ich nicht", sagte der ruhig, „Sie haben Ihr Einverständnis gegeben, dass wir Ronnie in Pflege nehmen. Soweit ich weiß, haben Sie auch noch eine Gerichtsverhandlung vor sich."

Josip sprach ruhig, aber bestimmt.

„Das hat mein Mann nicht so gemeint!", schaltete sich nun Ronnies Mutter ein. „Er hat sich fest vorgenommen, mit dem Trinken aufzuhören, nicht wahr, Gregor? Danach kann Ronnie bestimmt wieder zurückkommen."

Durch Josips Worte bestärkt, blickte Ronnie seine Mutter an. „Niemals!", spuckte er das Wort aus und wiederholte es danach nochmal laut und deutlich. „Niemals werde ich zu euch zurückkommen. Ihr seid doch beide krank!"

Seine Mutter, die gerade auf ihn zugehen wollte, blieb erschrocken stehen, als sein Vater schrie: „Das werden wir ja sehen! Ich habe ein Recht auf meinen Sohn, schließlich bist du von meinem Blut!" Er baute sich drohend auf und hatte bereits die Hand gegen seine Frau erhoben, als Josip rief:

„Tun Sie das nicht! Sie machen alles nur noch schlimmer."

Doch damit drang er bei Ronnies Vater nicht durch. Die Fäuste nach wie vor erhoben, drehte er sich nun zu Josip um und wollte gerade zuschlagen, als er durch Svenja gestoppt wurde, die zur Tür gerannt war und gellend um Hilfe rief. Sofort kamen einige Pfleger herbeigerannt, gemeinsam mit Josip bändigten sie den Wildgewordenen und führten ihn aus dem Zimmer. Noch im Hinausgehen fluchte er und drohte seiner Frau, weil sie ihm in den Rücken gefallen sei.

„Sie sollten lieber nicht nach Hause gehen. Vielleicht können Sie bei einer Freundin übernachten oder noch besser in ein Frauenhaus gehen!", meinte Josip zu Ronnies Mutter. Sie schüttelte nur den Kopf und verließ ohne ein Wort das Zimmer.

Ronnie war völlig aufgelöst. „Was ist, wenn er morgen wiederkommt?"

„Das wird er nicht! Ich werde gleich zum Jugendamt gehen und besprechen, wie wir dich schützen können!"

Kann es noch schlimmer kommen?

„Du kannst heute nach Hause gehen. Allerdings musst du dich erst einmal schonen und in den nächsten Wochen solltest du regelmäßig zur Physiotherapie. Bis dahin keinen Sportunterricht bitte!", informierte der Arzt Ronnie bei der Visite.

Erleichtert hatte Ronnie sofort zu Hause angerufen. Schon kurze Zeit später hatte Josip ihn abgeholt und nach Hause gebracht. Er hatte sich eben zu ihm und Ana an den Tisch gesetzt, als es klingelte. Josip stand auf und ging zur Tür. Kurz war ein leises Gemurmel hörbar, dann kam er zurück. Hinter ihm betraten zwei Polizisten das Wohnzimmer. Auf Josips Gesicht lag ein ernster und mitleidiger Ausdruck und er vermied es, Ronnie anzusehen. „Was ist passiert?", fragte Ana alarmiert.

Ronnie gingen tausend Dinge durch den Kopf. Dass seine Eltern vielleicht ihre Einwilligung zurückgezogen hatten, dass sie ihn ins Heim schicken wollten, oder er womöglich wieder zu Hause leben müsste. Dann würde er sofort wieder verschwinden. Das nächste Mal würde er sich besser auf das Leben auf der Straße vorbereiten. Er würde einen größeren Rucksack mitnehmen und einen wärmeren Schlafsack einpacken.

Doch all diese Gedanken wurden mit einem Federstrich außer Kraft gesetzt. Sein Vater war tot.

Tot. Was für ein Wort. Nur drei Buchstaben, aber dieses schwarze Wort löschte alle anderen Wörter in seinem Gehirn aus. Sein Sprachzentrum war abgeschaltet oder gar nicht mehr existent, mindestens vollständig zusammengebrochen. Die Polizistin bewegte die Lippen, sah ihn an, legte ihm die Hand auf die Schulter. Aber es war, als würde er eine Fremde beobachten. Anas Stimme, der Polizist, der ihr antwortete, nur Wortfetzen drangen an Ronnies Ohr. "… Drei Flaschen Wein… Unfall… Krankenhaus …"

„Sollen wir dich mitnehmen?", fragte der Polizist. Oh nein, er wollte nicht ins Gefängnis und auch sonst nirgendwo hin. Er wollte hierbleiben, wollte sich in seinem Zimmer verkriechen und es nie mehr verlassen.

„Ich glaube, Sie können erst einmal nichts tun", hörte er Josip sagen. „Wir kümmern uns um ihn." Nachdem er die beiden Polizisten zur Tür gebracht hatte, zog Josip seinen Stuhl direkt neben Ronnie und legte ihm seinen Arm um die Schulter. Dieses Mal zuckte er nicht zusammen, denn er war in eine Welt aus Watte abgetaucht, in der alle Stimmen verschluckt wurden, in der alle Ecken und Kanten fehlten.

Ana stellte ihm eine Tasse mit dampfendem Inhalt vor die Nase. „Trink." Ronnie sah die Tasse an wie einen Fremdkörper. Der Dampf stieg heraus und bewegte sich im Luftzug wie im Tanz. Ronnie schüttelte den Kopf, aber Ana bestand darauf. „Trink!", wiederholte sie und rückte den Tee noch näher an ihn heran. Er legte seine Hände um das warme Gefäß und zog sie gleich wieder zurück. Er hatte nicht gemerkt, wie eiskalt seine Finger waren. *Oh ja, warm*, dachte er und legte die Finger vorsichtig wieder um das Gefäß. Ein starker Geruch von Kräutern stieg ihm in die Nase. Er nahm einen winzigen Schluck, um sich nicht die Lippen zu verbrennen, dann noch einen und noch einen und die Welt um ihn herum wurde allmählich wieder klarer. Allerdings drang damit die Wirklichkeit wieder rau und ungefiltert in sein Leben ein.

„Warum ist mein Vater tot? War er krank? Oder war es, weil er meinetwegen ins Gefängnis sollte?", fragte er ängstlich.

„Nein, Ronnie, nein", sagte Ana, „es ist nicht deine Schuld. Krank? Ja. Alkoholsucht ist eine schwere

Krankheit. Das Problem daran ist, dass ein Alkoholiker sein Problem nicht erkennen will, denn sonst müsste er ja zu trinken aufhören. Also redet er sich so lange ein, dass er das alles im Griff hat, bis es vielleicht schon zu spät ist. Dein Vater hatte die Wahl. Er hätte sich Hilfe suchen und einen Entzug machen können. Aber er hat es nicht getan."

Und dann erzählte sie ihm, was sie von den Polizisten gehört hatte. Nachdem er aus der Klinik zurückgekommen war, hatte sein Vater sofort weitergetrunken. Bald war die letzte Flasche geleert, aber sein Durst noch lange nicht gelöscht, und er wollte im nahegelegenen Supermarkt Nachschub holen. Auf dem Weg dorthin hatte er wohl nicht aufgepasst und wurde von einem Auto überfahren. Anscheinend war er sofort tot. „Wenn also einer bestimmt keine Schuld hat, bist du das!" sagte Ana mit Nachdruck.

Ronnie hatte zugehört, ohne zu widersprechen, aber er war sich nicht sicher, ob Ana wirklich recht hatte.

„Und was ist mit meiner Mutter?"

„Natürlich steht sie unter Schock. Wenn du möchtest, können wir sie morgen besuchen. Vielleicht können wir dich morgen in der Schule entschuldigen und dann gemeinsam dorthin gehen. Es geht ihr den Umständen entsprechend gut."

Auf dem Friedhof

Ronnie hatte lange mit sich gerungen, ob er zur Beerdigung gehen sollte. Seine Entscheidung war letzten Endes eine reine Kopfentscheidung. Genauer gesagt, war es die Stimme seiner Mutter, die in seinem Kopf saß. „Er war immerhin dein Vater, auch wenn er sich nicht immer richtig verhalten hat. Und früher war er auch mal ein guter Vater!"

Ja, sie hat recht, dachte er in dem einen Moment, *nein, er hat mein Leben zerstört*, im nächsten. Und so ging es hin und her. Was er nicht erwartet hätte: Er war innerlich ganz kalt. Der Tod seines Vaters berührte ihn nicht. Hätte er vor einem toten Vogel gestanden, hätte er mehr Mitleid empfunden, hätte um sein verlorenes Leben getrauert, um seinen frühen Tod. Er schämte sich ein wenig für seine Kälte, aber er hatte keinen Einfluss darauf. Er wusste nur, wenn er zur Beerdigung ging, würde er keine Träne vergießen, nicht wegen diesem Mann, der sein Leben zerstört hatte. Seines, das seiner Mutter, und am Ende auch das eigene.

Er versuchte es mit Erinnerungen an die Zeit, in denen sein Vater noch anders war, aber es fiel ihm schwer. Die letzten Jahre lasteten auf seinen Schultern wie Felsbrocken. Da war kein Platz mehr für Erinnerungen an schönere Zeiten, die es früher vielleicht einmal gegeben hatte.

Josip und Ana hatten angeboten, ihn zu begleiten, und er war dankbar dafür. Er wollte weder mit seiner Mutter noch mit seinen Großeltern sprechen, zumindest nicht mit den Eltern seines Vaters, denn die würden ihm die Schuld an allem geben.

Sie waren gerade noch ein paar hundert Meter vom Friedhof entfernt, als es von der anderen Straßenseite herüberschallte: „Hey, Glas, was geht? Hat dein Alter mal wieder zu tief ins Glas geschaut?" Der nächste schloss sich gleich an und grölte mit lallender Stimme: „Geht mir aus dem Weg…ihr… Baanauuuusen. Ihr habt ja keine Ahnung vom Leben!" Dabei torkelte er hin und her.

Wo kamen die nur her? Hatten sie die Todesanzeige gelesen? Und warum hatten sie ihn überhaupt trotz seiner neuen Frisur erkannt? Ronnie ballte die Fäuste und wollte sich auf sie stürzen, doch Ana hielt ihn zurück. Josip ging ohne zu zögern auf die andere Straßenseite. „Ihr seid besser ganz ruhig, ihr kleinen Feiglinge! Wenn ich euch erwische, seid ihr fällig. Dann gibt es eine Meldung an eure Schulleitung. Das gibt zumindest einen Schulverweis! Also macht euch vom Acker!"

„Is ja schon gut, Alter, war nur Spaß!", versuchte Simon die Lage zu entspannen.

„Nein, das ist kein Spaß! Also verschwindet, aber pronto!"

Sie gaben sich cool und grinsten, endlich drehten sie sich um und verschwanden aus Ronnies Blickfeld.

Er musste tief durchatmen. „Tut mir leid, dass du so etwas erleben musstest!", sagte Josip und nahm ihn in den Arm. Nun weinte Ronnie doch, aber nicht wegen seines Vaters, sondern wegen all den Verletzungen und Kränkungen, die er in den letzten Jahren erleben musste.

Als er sich wieder löste, sagte er: „Ich kann das nicht, ich will das auch nicht. Ich kann nicht da reingehen und mir die verlogenen Trauerreden anhören. Wenn ich schon an diesen Spruch in der Traueranzeige denke, könnte ich kotzen! ‚Ein Mensch, der für uns da war, ist nicht mehr. Er fehlt uns.' Wann war der denn für uns da? Jeder weiß, dass das gelogen ist, außer denen, die es nicht wissen wollen!"

Ana drehte sich zu ihm und sagte: „Ich verstehe dich, Ronnie. Du allein entscheidest. Wir sind nur zu deiner Unterstützung hier. Wenn du reingehen willst, sind wir an deiner Seite, aber wir gehen auch wieder mit dir nach Hause, wenn du das willst. Oder wir gehen in das Café da drüben und kommen wieder hierher, wenn alle anderen weg sind. Dann kannst du dich allein verabschieden, wenn du das willst!"

Ronnie zögerte. Am liebsten würde er nach Hause gehen, sich aufs Bett legen und Musik hören. Aber womöglich würde er das später bedauern. Unschlüssig trat er von einem Fuß auf den anderen.

„Weißt du, man kann sich auf alle möglichen Arten verabschieden. Man braucht keinen Ort dafür und auch nicht andere Menschen, und wenn, dann nur solche, die einen verstehen", sagte Josip.

„Danke. Ja, ich glaube, ich will nach Hause. Vielleicht komme ich später einmal hierher, aber jetzt kann ich das nicht."

Sie drehten sich um und gingen den ganzen Weg wieder zurück. Lange Zeit liefen sie schweigend nebeneinanderher. Ronnie liefen die Tränen über die Wangen, aber er trauerte nicht um seinen Vater, denn er hatte lange keinen mehr. Er trauerte um den Vater, den er gerne gehabt hätte. Im Grunde galten seine Tränen dem Kind, das keine Eltern hatte, als es welche brauchte.

Dann sah er diese beiden Menschen an, die neben ihm hergingen und so liebevoll zu ihm waren, und er war froh, dass gerade sie ihn gefunden hatten. Auch wenn ihm dadurch noch deutlicher wurde, was ihm all die Jahre gefehlt hatte. Sein vergangenes Leben war gezeichnet von einem unendlichen Mangel an Zuneigung und Liebe. Stattdessen hatte er ein riesiges Zuviel an Aggression, Gewalt und Respektlosigkeit, wenn nicht gar Verachtung erlebt.

Nein, er würde jetzt nicht an dieses Grab gehen, aber eines Tages würde er seinem Vater die Meinung sagen, würde ihm alles sagen, was er die ganzen Jahre niemandem hatte sagen können. Er hatte jedes Recht zu weinen, aber nicht um seinen Vater, sondern um sich selbst.

Aufregende Zeiten

Ronnie war Tage danach in sich gekehrt. Er versuchte sich abzulenken, aber es gelang ihm nur zeitweise. Josip und Ana bemühten sich, ihm die Sicherheit zu geben, dass er jederzeit mit ihnen reden könnte. Aber er konnte es nicht. Es war noch zu früh.

Auch Svenja zeigte ihm, dass sie für ihn da war, wenn er jemanden zum Reden bräuchte, aber sie drängte sich nicht auf. Seine Klassenkameraden wussten wohl nicht so richtig, wie sie mit der Situation umgehen sollten und hielten Abstand. Aber das war ihm gerade recht.

Trotz allem nahmen die Dinge ihren Lauf. Miriam hatte eine Presseerklärung an die Zeitung getextet, und an diesem Tag sollte eine junge Journalistin kommen. Sie würde Fotos machen und einen Artikel über ihre Aktion schreiben.

„Bitte stellen Sie sich so auf wie auf Ihrem Transparent. Das ältere Paar nach hinten links, die Frau mit dem Hund und dem jungen Mann nach vorne rechts. Sie können natürlich auf einem Stuhl sitzen, Frau…?"

„Hegmann, ich heiße Hegmann, und danke, ich kann einen Moment stehen." Silke Schwarz, die Journalistin, schob hier jemanden näher zu seinem Nachbarn, bat dort eine andere, einen Schritt nach vorn zu kommen.

„Der Hund, wo ist der Hund?"

„Der ist drin, es ist zu aufregend für ihn", meinte Mariana.

„Es wäre schön, wenn wir das genauso arrangieren könnten, wie Sie es gemalt haben!"

„Ich geh und hole ihn", meinte Tom, der extra für diesen Termin nach Hause gekommen war. Nach und nach entspannten sich die anderen Bewohner. Erst flüsterten sie nur leise, schon bald flogen die Worte lauter umher, brandete lautes Gelächter auf. Ronnie allerdings konnte sich nicht entspannen. Er wünschte, er wäre unsichtbar. Vielleicht könnte er sich hinter Josips breitem Rücken verstecken. Schließlich standen genügend Leute herum. Wer würde es schon merken, ob auf dem Foto dreizehn oder nur zwölf Leute zu sehen waren?

Tom bog mit Hexe um die Ecke und Ronnies Gedankengang wurde unterbrochen. Hexe stürzte freudig bellend und schwanzwedelnd zu ihm und sprang an ihm hoch. Die Journalistin hob ihre Kamera und im selben Augenblick schob sich Ronnie hinter Josip.

„Halt, was machst du da? Stellst du dich bitte wieder an deinen Platz? So, und jetzt alle lächeln. Du auch, sag einfach Cheese!"

Es klickte nicht, aber offensichtlich war Frau Schwarz zufrieden mit dem, was sie auf ihrem Display sah.

„Jetzt hätte ich gerne noch ein Bild von den beiden Künstlern und eines von dem Herrn vom Mieterverein. Danach könnten wir vielleicht eine Hausversammlung nachstellen."

Ronnie bekam vor Aufregung kalte Hände und Herzklopfen. Wie kam er da nur wieder raus? Er sah Hilfe suchend zu Josip, der nickte ihm nur aufmunternd zu und schob ihn nach vorn.

„Ach du bist einer der Künstler! Respekt!"

„Er ist der Hauptkünstler. Von ihm ist der Entwurf, ich habe nur die Anleitung dazu entwickelt, und gemalt haben alle, die hier stehen", korrigierte Tom.

„Eine beeindruckende Leistung, das muss ich wohl sagen!", strahlte sie die beiden an.

Sie sprachen noch ein Weilchen über das Transparent, und wie es dazu gekommen war, dann gingen alle ins Haus, um ihr zu zeigen, wie und wo das alles seinen Anfang gefunden hatte.

Sie blieb länger und war offensichtlich sehr angetan vom Zusammenhalt der Mieter und von dem Stolz auf ihr gemeinsames Werk und auch von dem Hintergrund der Geschichte. Sie hörte Hoffnungen und Zweifel und machte sich immer wieder Notizen, bevor sie aufbrach. Der Artikel würde vermutlich am Wochenende in der Zeitung sein.

Ronnie war alles andere als glücklich darüber. Wenn das in der Zeitung geschrieben stand, würden es auch seine Großeltern lesen, vielleicht seine Klassenkameraden und sie alle würden dann wissen, wo man ihn finden konnte. Er hatte Angst vor Konsequenzen und kam sich ein wenig wie ein Hochstapler vor. Er hatte schließlich nur einen Entwurf gemacht. Das ganze Ding mit der Farbe und der Planung hatte sich Tom ausgedacht. Hoffentlich schrieb die Journalistin das auch.

Mieter machen mobil gegen Radi -
Junger Künstler spuckt Immobiliengesellschaft in die Suppe

Es war ein ausführlicher Artikel, eine dreiviertel Seite lang. Auf Fotos sah man das Haus mit dem Transparent, die Mieter und auf einem waren ganz groß Ronnie und Tom zu sehen. Unter dem Bild stand: *Ronnie Glasowsky und Tom Finkeisen sind die Schöpfer des Transparentes, mit dem die Mieter in der Schwarzenbergstraße zweiundvierzig auf sich aufmerksam machen. Sie protestieren damit gegen die Entmietung des Hauses im Auftrag der Immobiliengesellschaft Radi. Glasowsky ist außerdem Finder der Eigentumspapiere des ursprünglichen jüdischen Hausbesitzers David Mandelstam, der von den Nazis enteignet und später in Auschwitz ermordet wurde. Eine ältere Mitbewohnerin kann sich sogar noch an die Mandelstams erinnern.*

Ronnie sah die Fotos, las den Text, aber die Worte drangen nicht in die Windungen seines Gehirns. Es war wohl verstopft. Verstopft von Angst und dummen Gedanken. Was, wenn seine Mutter es las? Würde sie vor der Tür stehen und ihn zurückholen? Wäre sie stolz auf ihn oder machte sie ihn für den Tod ihres Mannes verantwortlich? Er hatte sie seit ihrem Besuch im Krankenhaus nicht mehr gesehen. Einmal war er zwar zur Arbeitsstelle seiner Mutter gegangen, aber sie war nicht da. Vielleicht hatte sie einen freien Tag oder sie war krank, was wusste er schon? Sie hatte bisher nicht ein einziges Mal versucht, Kontakt zu ihm aufzunehmen.

Josip, der neben ihm stand, um den Artikel zu lesen, schien seine Gedanken zu spüren und sagte: „Du bist hoffentlich stolz auf dich, oder?"

„Ich wüsste nicht, worauf ich stolz sein sollte", gab Ronnie mürrisch zur Antwort. Josip schaute ihn ungläubig an. „Darauf, dass du so gut zeichnen kannst, darauf, dass du deine Fähigkeiten so selbstlos zur Verfügung gestellt hast. Vielleicht auch darauf, dass du mit deiner Aufmerksamkeit auf kleine Details den Schlüssel gefunden hast, um unser Haus zu retten? Und vielleicht einfach darauf, dass du ein toller Junge bist und von allen hier im Haus gemocht wirst!"

Ronnie konnte nur denken: *Ja, von allen aber nur nicht von dem Menschen, von dem es mir am wichtigsten wäre.* Er zuckte nur wortlos mit den Schultern. Dann fiel ihm Svenja ein, die ihm sicher den Kopf waschen würde.

Josip nahm ihn einfach in den Arm. Er wehrte sich nur kurz, aber dann lehnte er einen Augenblick seinen Kopf gegen Josips Schulter. Endlich konnte er sich vorsichtig über das freuen, was ihm gemeinsam mit den anderen gelungen war.

175

Etwas Neues beginnt

„Ich bin zu einer Party eingeladen, aber ich gehe wahrscheinlich nicht hin."

Er hatte es mit leiser Stimme gesagt, hielt dabei den Kopf über den Teller gebeugt und wagte es nicht, aufzublicken.

Er hatte es verschweigen wollen, doch dann war es einfach aus ihm herausgeplatzt.

„Warum nicht?", fragte Ana, die gerade mit einem Korb voll frischem Brot hereingekommen war.

„Keine Ahnung, ich hab´s nicht so mit Partys." Tatsache war jedoch, dass er sich nach wie vor besonders einsam fühlte, wenn er von vielen Menschen umgeben war. Was sollte er mit denen reden und worüber? Sicher war er im besten Fall ein Langweiler. Er wollte nicht noch einmal Erfahrungen wie an seiner alten Schule machen. Und nie mehr wollte er in eine Situation geraten, in der man ihn wegen seines Vaters auslachte. Es lag so viel Verachtung in diesem Gelächter. Es durfte auf gar keinen Fall herauskommen, dass sein Vater ein Alkoholiker war, und deshalb mied er jeden Kontakt. Zugegeben, seine neuen Mitschüler waren freundlich und interessiert. Aber das würde sich sicherlich sofort ändern, wenn sie die Wahrheit kannten.

Ana und Josip ließen ihn in Ruhe. Das Einzige, was sie sagten, war, dass er es sich noch einmal überlegen sollte.

Doch Svenja warf seinen Plan über den Haufen, denn sie ging ganz selbstverständlich davon aus, dass er mitkam. Schließlich war sie auch zu seiner „Party" gekommen, die so ganz anders war als eine Party unter Gleichaltrigen.

„Wie, du willst nicht mitkommen?" Svenja war empört, als er sich entschuldigte. „Warum nicht?"

„Ach du weißt ja, diese Aktion… da ist noch so viel zu tun." Svenja sah ihn mit großen Augen an, dann drehte sie sich um und ging wortlos davon. Ronnie schlug sich mit der Hand gegen die Stirn. „Shit, ich hab´s vermasselt", murmelte er. Warum nur musste immer alles so kompliziert sein?

Im Unterricht saßen sie nebeneinander, ohne miteinander zu reden. Er war froh, als sie in der zweiten Stunde Musik hatten, denn im Musiksaal war freie Platzwahl. Er ging als letzter hinein und setzte sich auf einen Eckplatz, um den Raum als Erster wieder verlassen zu können.

Er war längst wieder zu Hause, als auf seinem Handy eine Nachricht aufploppte. **Um 15 Uhr im Klingenbach unter meinem Baum!** Keine Erklärung, nur das. Er sah auf die Uhr, noch zwanzig Minuten. Er zog Schuhe und Jacke an und machte sich auf den Weg zu dem kleinen Park im Stuttgarter Osten, der Klingenbach hieß, aber von den Kindern und Jugendlichen liebevoll *Klingi* genannt wurde.

Als er ankam, war nichts von ihr zu sehen. War er zu spät? Nein, die Uhr sagte 14:58 Uhr. Okay, er würde warten. Er stellte sich neben den Baum und blickte in die Richtung, aus der sie kommen würde, als er über sich ein Rascheln hörte. Vielleicht ein Eichhörnchen? Er schaute nach oben und sah direkt in Svenjas Gesicht. „Komm hoch."

„Ich weiß nicht, ob ich das schon schaffe. Mein Fuß ist noch immer nicht ganz in Ordnung."

„Okay, dann komme ich eben runter.

Als sie neben ihm am Baumstamm lehnte, fragte sie: „Warum hast du mich so dreist angelogen?"

„Hab ich gar nicht", wollte Ronnie sagen, aber aus seinem Mund kam stattdessen etwas ganz anderes: „Weil ich Angst habe, dass ihr merkt, dass ich ein Loser bin und das ihr mich genauso ablehnt wie die Jungs an meiner alten Schule."

Svenja schien zu verstehen und flüsterte: „Aber warum? Du bist so ein toller Mensch, bist zu allen freundlich, vielleicht nicht gerade eine Gesprächskanone", sie schmunzelte, „aber nie aggressiv. Du liebst alles, was schön ist, so wie ich auch. Du zeichnest so außergewöhnlich. Wieso sollte man dich ausgrenzen?"

Obwohl Ronnie sich fest vorgenommen hatte, nicht über sein Zuhause zu sprechen, brach nun alles aus ihm heraus und er erzählte ihr die ganze Geschichte seiner verkorksten Familie, und wie er deshalb gemobbt worden war. Hatte er anfangs noch versucht, sachlich und emotionslos zu bleiben, so hatte sich schon bald seine Rüstung völlig aufgelöst, und ihm wurde mit jedem Satz bewusster, wie verzweifelt er gewesen war.

Svenja hörte zu, ohne ihn zu unterbrechen, und schwieg noch immer, als er fertig erzählt hatte. *Das wars dann wohl. Warum konnte ich nur nicht die Klappe halten?* Trotzdem war er erleichtert, dass er wenigstens einmal alles gesagt hatte, was ihn belastete. Allerdings verlor er damit seine letzte Hoffnung, ein ganz normales Leben führen zu können. Er würde der Außenseiter bleiben, der er seit Langem war.

„Tut mir leid", sagte er, „ich geh dann mal besser."

„Du spinnst ja wohl!", rief Svenja und stampfte mit dem Fuß auf. „Ja, du hast bis jetzt ein Scheißleben gehabt, und es tut mir verdammt leid, das kannst du mir glauben. Trotzdem kannst du jetzt nicht einfach verschwinden. Hör auf, dich selbst zu bemitleiden. Da, wo du jetzt bist, wirst du von allen gemocht und bewundert, und deine Pflegeeltern sind geradezu vernarrt in dich. Und in unserer Klasse mögen dich auch alle, na gut bis auf Marcel. Aber der kann einfach nicht ertragen, dass du so viel besser zeichnen kannst als er. Bevor du kamst, war er nämlich der ungekrönte King im Kunstunterricht. Für ihn bist du der größte Konkurrent."

Sie tippte ihm leicht mit der Faust an die Schulter. Ronnie schluckte, dann schob er seine größte Angst hinterher: „Aber wenn sie herausfinden, dass ich das Kind eines Alkoholikers bin, werden sie mich genauso verachten!"

„Weil es ein paar Arschlöcher gibt, gibst du niemandem mehr eine Chance? Na dann, willkommen im Niemandsland!"

Svenjas Worte verwirrten ihn. Hatte sie Recht? Er dachte an die wiederkehrenden Missverständnisse zwischen Josip, Ana und ihm. Auch sie hatten ihm deutlich gemacht, dass er ein Vertrauensproblem hatte. Als er den Kopf hob, blickte er direkt in Svenjas Augen. Dieses Mal flog ein leises Lächeln über ihr Gesicht.

„Gib uns eine Chance, bitte, und komm mit zu der Party!"

Wie konnte er da nein sagen? „Also gut."

Freundschaft

Bis zum Abend schien die Zeit endlos zu sein – sie verging zäh wie lange gelutschter Kaugummi. Ronnie hatte inzwischen vieles versucht, um sich abzulenken, aber von Minute zu Minute wuchs die Anspannung in ihm. Es war eine Mischung aus Vorfreude und Sorge. Zeichnen half dieses Mal nicht, also legte er den Zeichenstift zur Seite, nahm sein Handy und ging zum Fenster. Das Fensterbrett war zu seinem Lieblingsplatz geworden, wenn so wie jetzt die Sonne schien. Er öffnete einen Fensterflügel und schwang sich auf die Fensterbank. Die Beine zog er nahe zum Körper. So saß er am liebsten: zusammengefaltet wie ein Paket mit Armen und Beinen. Eine Zeitlang sah er hinaus und hörte das Lärmen der Autos, die im Augenblick etwas gemächlicher waren. Abends oder morgens war es weitaus schlimmer. Da rollten die Autokolonnen ununterbrochen aus der Stadt hinaus oder in sie hinein, und alle fuhren sie an ihrem Haus vorbei.

Er war dankbar für seinen Kopfhörer, mit ihm konnte er die Außengeräusche weitgehend ausblenden. Er hörte die Cello-Suite von Bach, die Svenja ihm hochgeladen hatte. Sie übte sie in jeder freien Minute, deshalb hatte sie sich alle möglichen Cellisten angehört und ihm die Version von Mischa Maisky aufgespielt, die ihr am besten gefiel. „So wie er möchte ich spielen können. Bei ihm klingt es so leicht, als würde ein Schmetterling durch den Raum fliegen!", hatte sie ihm erklärt.

An den herben Klang des Cellos hatte er sich erst gewöhnen müssen. Inzwischen hatte er dank Svenja herausgefunden, dass es unendlich farbenfroh war, und das herbe, dunkle nur eine von vielen möglichen Farben des Cellos war.

Während er zuhörte, schweiften seine Augen zur Stadtbahn-Haltestelle, wo gerade die nächste Bahn hereinfuhr und ihre Ladung ausspuckte: Erwachsene, die zielstrebig nach draußen eilten, alte Menschen, die ihre Schritte so mühsam setzten, als wären sie sich der Erde unter ihren Füßen nicht sicher, Mädchen und Jungs in seinem Alter, die sich angeregt unterhielten und sich gegenseitig etwas auf ihren Handys zeigten, ein Mann mit Fahrrad.

Er sah sie alle und sah sie doch nicht, weil ihm Svenja durch den Kopf ging und ihre Aufforderung, ihm etwas über seine Freunde zu erzählen. ‚Wer ist dein bester Freund?‘, hatte sie in der großen Pause wissen wollen. Zum Glück kam im selben Moment ihre Freundin Marie auf sie zu, um sich mit ihr zu verabreden. Ronnie hatte die Gelegenheit genutzt, um sich zu verdrücken. Musste sie denn immer so unbequeme Fragen stellen?

Was hätte er schon sagen können? ‚Ich habe keine Freunde.‘ Ihr erstauntes Gesicht konnte er sich genau vorstellen. Wahrscheinlich hätte sie gesagt: ‚Wie, du hast keine Freunde?‘, und dann hätte sie hinzugefügt: ‚Jeder Mensch hat doch Freunde, wenigstens einen.‘

Ja, vielleicht. Er hatte auch mal einen besten Freund gehabt. Allerdings nicht lange, dafür hatte sein Vater bald gesorgt. Simon hatte er in der vierten Klasse Grundschule kennengelernt. Er war aus Schorndorf hinzugezogen, nachdem sein Vater eine neue Stelle in Stuttgart angetreten hatte. Es war seltsam: Sie hatten sich von der ersten Minute an verstanden, als kämen sie vom gleichen Stern. Er erinnerte sich noch daran, wie sie an ihrem zweiten oder dritten

Schultag gemeinsam nach Hause trabten. An der Ecke, wo sich ihre Wege getrennt hätten, blieben sie stehen. „Wir könnten später mal eine gemeinsame Wohnung mieten und dann dort zusammenleben!", schmiedete Simon Pläne und sah ihn erwartungsvoll an. Ronnie hatte Simons Begeisterung gespürt, doch bei ihm kämpften Hoffnung und Verzweiflung gegeneinander. Freude über diese neue Freundschaft, Hoffnung auf ein Leben, in dem es keine Gewalt mehr gab, und Verzweiflung bei dem Gedanken, seine Mutter der Gewalt seines Vater zu überlassen. Sein „Ja!" zu Simons Idee war deshalb verhalten, aber Simon schien das zum Glück nicht zu merken, er hätte es womöglich falsch verstanden.

Dann hatten sie sich endlich verabschiedet, aber keiner hatte wirklich Lust, sich vom anderen zu trennen. Sie gingen jeder nur wenige Schritte, bevor Simon wieder stehenblieb und rief: „Bis morgen!". Ronnie hatte ebenso geantwortet. Und so war es eine ganze Weile hin- und hergegangen: Immer wieder ein paar Schritte voneinander weg und dann ihr: „Bis morgen!", bis endlich doch einer von ihnen den Heimweg antrat. Ihr gemeinsamer Ruf hallte noch in seinem Kopf nach, als er längst zu Hause war.

Doch nachdem Simon einmal mit zu ihm gekommen war, gab es kein „bis morgen!" mehr. Sie waren in Ronnies Zimmer gewesen und hatten selbstvergessen mit den Legos gespielt. Dabei erfanden sie Geschichten vom Käseplaneten und übertrumpften einander mit immer noch witzigeren Ideen. Ihr Lachen war laut und lauter geworden, sie kugelten übereinander her, bis Ronnies Vater die Tür aufriss und brüllte, sie sollten gefälligst ruhig sein. Er käme gerade von der Arbeit und brauche seine Ruhe. Dann hatte er Simon angesehen und geschrien: „Und wer zum Kuckuck bist du? Du gehst jetzt besser nach Hause!" Den Schreck in Simons Augen würde er nie vergessen. Er war so schnell in Schuhe und Jacke geschlüpft, wie Ronnie es noch nie gesehen hatte. Er drückte sich an Ronnies Vater vorbei, der keinen Zentimeter zur Seite wich, und verschwand. Sicher hatte er gemerkt, dass der nicht von der Arbeit gekommen war, sondern direkt aus der Kneipe. Das verriet nicht nur sein Lallen: Der Geruch von Alkohol, der ihn umgab, tränkte die Luft im Zimmer bis in den hintersten Winkel. Das war das letzte Mal, dass sie miteinander spielten, denn nachdem Simon zuhause von seinem Erlebnis erzählt hatte, hatte seine Mutter den Kontakt zu Ronnie verboten.

Danach hatte Ronnie nie mehr jemanden mit nach Hause gebracht. Und nachdem Simon auch in der Klasse davon erzählt hatte, versuchte kein anderes Kind mehr, Freundschaft mit ihm zu schließen. Von da an hatte er allein im Pausenhof gestanden. Auf seiner letzten Schule war dann alles noch schlimmer geworden. Aber nun hatte er immerhin Svenja, mit der er vielleicht befreundet sein konnte. Und wenn Svenja Recht hatte, könnte er vielleicht auch in seiner Klasse Freunde finden.

Die Party

Josip hatte sich gefreut, als Ronnie ihm erklärte, dass er nun doch zu der Party gehen wollte. „Klar, geh nur! Ich freu mich für dich", stimmte der zu. „Du weißt aber, um zehn musst du wieder zu Hause sein."

„Was? Wieso?"

„Tut mir leid. Ich versteh dich ja, aber so sind nun mal die Regeln."

Ronnie versteckte seine Erleichterung hinter einer gespielten Empörung. Empört, dass er nicht selbst entscheiden konnte, wie lange er bleiben wollte, aber er könnte sich auf die „Regeln" berufen, wenn er sich lieber früher aus dem Staub machen wollte.

„In fünf Monaten sieht es schon anders aus. Da bist du sechzehn. Dann bist du bis zwölf Uhr ein freier Mann", scherzte Josip.

Nun war Ronnie mitten im Wald am Dürrbachweiher, nicht weit von dem Ort entfernt, an dem er seine Baumhütte gebaut hatte.

„Deine erste Party?", fragte Jonas. Ronnie stand ein wenig verloren in einer Ecke der Grillhütte und beobachtete das Geschehen. Überall standen kleine Grüppchen auf der Wiese vor der Hütte, einige bemühten sich darum, ein Lagerfeuer in Gang zu bringen. Die meisten hatten ein Getränk in der Hand. Er selbst hatte eine Flasche O-Saft dabei. Alkohol kam für ihn nicht infrage. Er wollte schließlich nicht in die Fußstapfen seines Vaters treten. Niemals wollte er so werden wie er.

Ronnie war gemeinsam mit Svenja gekommen, sie wurde allerdings schnell von ihren Freundinnen umlagert. Jonas war nett, ein Mathe-Ass, aber sonst ganz okay. Ronnie hatte bisher seine Liebe zu Mathe nicht finden können, obwohl er keine schlechten Noten hatte. Aber seine Beziehung zu diesem Fach war etwas unterkühlt.

Kurz zögerte er, sollte er sich als partyerfahren darstellen? Aber was sollte das bringen? „Ja", sagte er also, „ist meine erste Party."

Marcel stellte sich dazu. „Du bist ja jetzt berühmt. Na ja, ganz nett, dein Transparent. Aber du hast es ja nicht allein gemalt, stand in der Zeitung."

„Gemalt haben alle, die im Haus wohnen", bestätigte Ronnie. Er wusste nicht so recht, worauf das Gespräch hinauslaufen sollte.

Aber Jonas wollte es nicht so stehen lassen. „Aber der Entwurf ist von dir, steht da. Wie hast du das gemacht?"

„Ich habe Zeichnungen von den Mietern gemacht und daraus ein Bild zusammengefügt."

Inzwischen hatten sich auch noch andere dazu gestellt und wollten alles darüber wissen. In ihren Fragen lag nicht nur Neugier, sondern auch Anerkennung, vielleicht sogar Bewunderung.

Marcel war offensichtlich genervt, dass er nicht mehr im Mittelpunkt stand. Er nahm einen großen Schluck aus seiner Schnapsflasche und stellte die Anlage, die er mitgebracht hatte, auf höchste Lautstärke. „Hey, Leute, tanzen!", schrie er und legte los. Er machte kleine, hektische Bewegungen, bei denen sein Oberkörper merkwürdig steif blieb. Dabei sah er sich um, als wollte er sagen: „Seht ihr mich? Seht ihr, was ich für ein Held bin?" So sehr er versuchte, aufzufallen, nahm dennoch keiner Notiz von ihm.

Der Platz füllte sich langsam mit anderen Tänzern. Svenja näherte sich Ronnie, nahm ihn an der Hand und zog ihn in die Mitte. „Komm, lass uns tanzen!" „Ich kann das nicht!", wehrte er sich, „ich kann nur allein tanzen."

„Wenn wir beide allein tanzen, ist es auch ein miteinander tanzen!" Während Svenja sprach, wiegte sie sich bereits im Rhythmus der Musik, geschmeidig bewegte sie Hüften und Arme. Sie blies die Haare aus dem Gesicht, als der Wind sie ihr vor die Augen geweht hatte. Ronnie fühlte sich ein wenig wie ausgestellt - eine Schaufensterpuppe, die von allen betrachtet wird. Doch dann erfasste auch ihn der Rhythmus und er ließ sich von ihm tragen. Vorsichtig begann er mit den Schrittfolgen, die er auf YouTube gelernt hatte - Peter Paul Turn, Cross Walk, Side Walk, Salsa Twist und und und. In den letzten Monaten zu Hause hatte er die Abende mit Tanzen verbracht. Er liebte das Tanzen beinahe so sehr wie Mozart, nur dass man auf Musik von Mozart leider kein House tanzen konnte, und House war einfach genial. Es erlaubte ihm, jede Faser seines Körpers zu spüren und die Schmerzen wenigstens zeitweise zu vergessen. Svenja lächelte ihn an, und vorsichtig lächelte er zurück. „Wo hast du das gelernt?", fragte sie ihn überrascht, nachdem sie eine Zeitlang getanzt hatten. „Auf You Tube!", antwortete er. Mit dem Tanzen hatte er die Welt vor der Türe ausgeschlossen. Er hatte getanzt, um sich lebendig zu fühlen, und um all die Gefühle, die ihn manchmal zu überschwemmen drohten, buchstäblich abzuschütteln.

Doch das hier war noch schöner als allein zu tanzen. Sie berührten sich nicht, sondern sahen sich an und lächelten sich zu, jedenfalls so lange bis Marcel wieder antrabte und sich zwischen sie drängte.

„Hey Svenja, hier gibt's noch andere tolle Tänzer. Tanzt du mal ´ne Runde mit mir?"

Svenja sah ihn leicht genervt an. „Ne, Marcel, sorry, ich tanze nur allein!"

„Dann ist der da ja gar nicht da. Dann kann ich auch hier tanzen. Natürlich allein."

Er drängte Ronnie zur Seite und Ronnie gab sich geschlagen und setzte sich zu den anderen ans Lagerfeuer. Nur Sekunden später setzte sich Svenja neben ihn. „Kotzbrocken. Er will ständig bewundert werden, und wehe, wenn nicht. Zum Glück ist er der Einzige, der hin und wieder Ärger macht. Vor allem, wenn er etwas getrunken hat."

Den Rest des Abends saßen sie zusammen und unterhielten sich. Dabei lernte Ronnie seine Klassenkameraden ein wenig besser kennen, und außer Marcel waren wirklich alle sehr nett.

Irgendwann schaute er auf die Uhr. „Ich muss gehen", sagte er. „Wir müssen alle gehen", meinte Jonas und begann, das Feuer zu löschen. Der abendliche Rückweg durch den inzwischen dunklen Wald war schön und friedvoll. Als er zuhause ankam, war er froh darüber, auf der Party gewesen zu sein und mit anderen Jugendlichen einmal schöne Erfahrungen gemacht zu haben.

Schlechte Nachrichten

In der Mitte der Woche bekamen sie Nachricht von der Initiative Stolpersteine, die nach Elias Mandelstam und möglichen Nachkommen gesucht hatte. Elias war vor zwei Jahren verstorben und hatte keine Angehörigen hinterlassen. Das änderte alles und Josip berief gleich ein neues Treffen ein, das noch am selben Abend stattfinden sollte. Es musste schließlich beraten werden, wie sie nun weiter vorgehen könnten.

Zuerst saßen alle ein wenig ratlos da, denn sie hatten sich so sehr darauf verlassen, dass Elias ihr Gamechanger wäre. Jeder hatte sich ausgemalt, dass dieser froh wäre, sein Haus zurückzubekommen, und er sie aus Dankbarkeit darin wohnen lassen würde. Möglichst zu den gleichen Bedingungen wie bisher. Was sollte jetzt werden?

Frau Hegmann hatte gehofft, Elias wiederzusehen oder zumindest zu erfahren, wie es ihm ergangen war, nachdem er Deutschland verlassen hatte. Seufzend sagte sie: „Es ändert nichts daran, dass dieses Haus zu den Häusern gehört, die arisiert wurden, und es ändert auch nichts daran, dass hier Menschen gewohnt haben, die von den Nazis vertrieben oder vernichtet worden sind. Allein deshalb darf dieses Haus nicht in die Hände von Miethaien gelangen. Es wäre nur richtig, daraus eine Art Denkmal zu machen."

„Wir werden doch auch vertrieben!", meinte Herr Knopp in seiner gewohnt nörglerischen Art.

„Das kann man wohl nicht vergleichen, wir werden schließlich nicht vernichtet. Aber ungerecht ist es auf jeden Fall", meinte Herr Närrisch.

„Aber was hilft uns das?", wollte Mariana wissen. „Wir können noch so viel darüber reden und uns empören, wir haben gegen sie nichts in der Hand."

„Nein, das haben wir nicht, wenn wir nur unter uns bleiben. Aber wir sind nicht die Einzigen, die auf diese Weise aus ihren Wohnungen vertrieben werden sollen. Wir sollten uns mit anderen Initiativen zusammentun. Außerdem würdigt die Initiative Stolpersteine Menschen, denen von den Nazis Gewalt angetan wurde. Wenn hier ein Stolperstein gelegt wird, könnte die Stadt vielleicht unter Druck geraten und das Haus zurückkaufen. Laut der Website des Hotel Silber hat auch die Stadt Stuttgart von der Arisierung profitiert. Es wäre an der Zeit, dass sie das wieder gutmacht."

„Aber nutzen wir dann nicht das Leid einzelner aus, um uns einen Vorteil zu verschaffen?", warf Daniel ein. „Finde ich nicht", meinte Jule. „Wir sorgen ja dafür, dass man sich an sie erinnert. Und das ist in der heutigen Zeit wichtiger als je zuvor!"

„Ich kann mich ja mal mit dieser Initiative in Verbindung setzen. Und vielleicht kennt jemand noch eine Mieterinitiative, mit der wir uns zusammenschließen können", meinte Andreas.

Die nächsten Tage waren alle im Haus aktiv, es wurden Telefonate und Gespräche vor Ort geführt. Miriam und Jule schrieben einen Brief an die Stadt, Frau Hegmann setzte sich mit der Initiative Stolpersteine in Verbindung. Und so hatten alle zumindest das Gefühl, dass nicht alles verloren war. Auch Ronnie, der nach der Nachricht von Elias' Tod das Gefühl hatte, dass alles bisher unternommene nur Zeitverschwendung gewesen war, bekam wieder einen kleinen Funken Hoffnung.

Wem verzeihen

Ronnie merkte es, Josip und Ana merkten es, allen fiel es auf: Die Stimmung im Haus hatte sich verändert. Man hatte sich zwar auch vor den gemeinsamen Aktionen gegrüßt, wenn man sich sah, aber es war mehr ein Nebeneinanderher als eine Gemeinschaft. Nun blieb man stehen, wenn man sich im Treppenhaus begegnete, sprach kurz miteinander, besuchte sich gegenseitig. Nur die Brenners interessierten sich nach wie vor für nichts. Bis auf Carina, die jüngere ihrer beiden Töchter. Immer, wenn Ronnie ihr begegnete, lächelte sie ihn schüchtern an, so als wolle sie sich für ihre Eltern entschuldigen.

Ronnie war das Bindeglied zwischen ihnen allen geworden. Herr Knopp wollte unbedingt die Zeichnung von sich haben, und er war immer noch stolz darauf, dass er Objekt eines Bildes war. Frau Knopp steckte ihm immer wieder mal ein Gebäckstück zu, Herr Närrisch bot ihm Hilfe bei den Hausaufgaben an. Als ehemaliger Mathelehrer könne er ihm vor allem in Mathematik helfen.

Ronnie konnte manchmal gar nicht glauben, dass ihm das alles geschah. Das Leben in diesem Haus war so anders als das, das er zuvor geführt hatte. Manchmal wurde es ihm beinahe zu viel. Nach wie vor war er gerne allein, hörte Musik oder las. Oftmals besuchte er Frau Hegmann, um sich neue Bücher auszuleihen. Sie war sozusagen seine private Leihbibliothek. Meist lud sie ihn auf eine Tasse Tee ein, und sie plauderten ein wenig über die Schule, die Bücher, die sie gerade lasen und über dies und das. Sie war die Einzige, der er erzählt hatte, dass er nicht bei der Beerdigung seines Vaters gewesen war. Sie verurteilte es nicht und dafür war er ihr sehr dankbar.

Zum Glück hatte sie sich wieder erholt, denn nachdem sie erfahren hatten, dass Elias nicht mehr am Leben war, war sie einige Tage sehr nachdenklich gewesen, um nicht zu sagen: traurig. Aber nun schien sie zu ihrer alten Fröhlichkeit zurückgefunden zu haben. Als Ronnie sie dieses Mal besuchte, sah sie ihn aufmerksam an.

„Hast du etwas auf dem Herzen, mein Lieber?", fragte sie. „Ich habe das Gefühl, dich bedrückt etwas." „Mein Lieber", sagte sie oft zu ihm, und Ronnie genoss es. Er hatte das Gefühl, dass es genauso gemeint war, wie sie es sagte. Er druckste ein wenig herum, dann fragte er: „Ist man ein schlechter Mensch, wenn man jemandem nicht verzeihen kann?"

„Geht es um deinen Vater?"

„Ja. Ich wollte auf den Friedhof gehen und ihm alles sagen, was ich mich nie zu sagen getraut habe. Und ich hatte gedacht, dass ich ihm danach vielleicht auch verzeihen könnte."

Frau Hegmann sah ihn an, als warte sie auf weitere Erklärungen. Als Ronnie nichts mehr sagte, fragte sie:

„Warum glaubst du denn, dass du ihm verzeihen musst?"

Ronnie zuckte mit den Schultern. „Ich weiß auch nicht. Meine Oma hat das früher zu Papa gesagt, wenn er sich über Opa beschwert hat. Irgendetwas muss da in seiner Kindheit gewesen sein. Und Omas Antwort war immer, man muss auch mal verzeihen können!"

„Leichter gesagt als getan", antwortete sie zögerlich. „Weißt du was? Ich mach uns erst einmal einen Tee. Bestimmt habe ich auch noch ein paar Kekse im Haus."

Während sie in die Küche ging, um Tee zu kochen, stand Ronnie auf und sah sich erneut das Foto von Elias an, das inzwischen einen Ehrenplatz auf der Anrichte erhalten hatte. Wie es ihm in den USA wohl ergangen war, ohne seine Eltern? Hatte er trotzdem ein schönes Leben gehabt? *Schade, dass es darauf keine Antwort geben wird.* Er setzte sich wieder, als Frau Hegmann mit einem Teller Plätzchen zurückkam.

„Weißt du", griff sie das Thema wieder auf, „es gibt Menschen, denen werde ich ganz sicher nie verzeihen. Diesem Hitler zum Beispiel, der die ganze Menschheit ins Verderben gestürzt hat. Deinen Vater kann man natürlich nicht mit Hitler vergleichen. Er hat nur dich und deine Mutter ins Verderben gestürzt, aber das kann man ihm schon vorwerfen. Könntest du ihm denn verzeihen?"

Ronnie schüttelte ein wenig unentschlossen den Kopf. „Das ist es ja. Ich denke, ich muss es, aber ich kann es nicht. Bin ich dann ein schlechter Mensch?"

Frau Hegmann, die noch stand, um die Tassen aus dem Schrank zu holen, legte ihm eine Hand auf die Schulter: „Wer sagt denn, dass du das musst? Ach nein, Ronnie, nein. Um es mal ganz klar zu sagen, dein Vater war ein schlechter Mensch, und deine Mutter hat auch auf ganzer Linie versagt. Ich möchte nicht über sie urteilen, denn ich kenne ihre Geschichte nicht. Aber jeder Mensch ist verantwortlich für sein eigenes Handeln. Erst recht, wenn er erwachsen ist und Kinder hat. Und ich weiß nicht, ob ich ihnen verzeihen könnte, wenn ich an deiner Stelle wäre. Denn was sie getan haben, ist brutal und grausam. Du solltest nicht so viel von dir erwarten und dich nicht selbst unter Druck setzen."

Ronnie schwieg nachdenklich. Dann sagte er: „Aber vielleicht, wenn ich ihn nicht in den Keller gesperrt hätte, dann wäre all das nicht in Gang gesetzt worden, was dann passiert ist. Vielleicht würde er dann noch leben. Manchmal denke ich, dass ich schuld an seinem Tod bin."

Frau Hegmann blies die Luft aus den Wangen. „Ich glaube, da haben wir es. Da liegt dein Problem. Du musst nicht deinem Vater verzeihen, sondern dir selbst!"

Sie holte den Tee und schenkte ihnen ein. Dann setzte sie sich und sah Ronnie eindringlich an:

„Mein lieber Junge, ich kann es mir wahrscheinlich gar nicht richtig vorstellen, was du all die Jahre mitgemacht und ausgehalten hast. Ich kann nur sagen, dass du mein tiefstes Mitgefühl hast."

Sie legte die Hände um ihre Tasse, als wollte sie sie wärmen. „Nein, und nochmals nein, du bist nicht verantwortlich für den Tod deines Vaters. Du bist auch nicht schuld daran, dass er sich buchstäblich zu Tode gesoffen hat. Es war ganz allein seine Verantwortung und Entscheidung, ebenso die deiner Mutter. Sie haben nicht nur ihr eigenes Leben verpfuscht, sondern auch deines."

Diese Aussage rief eine tiefe Erleichterung in Ronnie hervor. *So kann man das also auch sehen,* ging es ihm durch den Kopf.

Aber Frau Hegmann war noch nicht fertig:

„Ich bin sehr froh darüber, dass du den Ausgang aus diesem Labyrinth von Gewalt und Respektlosigkeit gefunden hast. Denke immer daran. Auch daran, dass du nun selbst dein Leben gestalten kannst. Und ich glaube, jeder hier im Hause liebt dich auf seine Weise für das, was du bist, und für das, was du bisher schon für uns getan hast."

Ronnie wurde verlegen und Tränen traten in seine Augen.

„Komm, lass uns unseren Tee trinken, und dann erzählst du mir noch von dem Buch, das du gerade gelesen hast!"

In dieser Nacht schlief Ronnie seit Langem ohne Albträume.

Grund zum Feiern

Der Garten hinter dem Haus war so belebt wie seit Jahren nicht mehr und das nicht nur von Vögeln, Schnecken, Bienen, Hummeln, Regenwürmern, Baumwanzen und sonstigem Getier. Bierbänke und Tische waren aufgestellt worden, überall saßen oder standen Menschen herum. Die Vögel versuchten sich vergeblich gegen die Stimmen und das Gelächter der Menschen durchzusetzen. Es war laut, aber keiner schrie: „Ruhe!", denn es war keiner da, der Ruhe schreien konnte. Alle Bewohner, die Zeit hatten, waren gekommen, ebenso wie die Vertreterinnen der Initiative Stolpersteine und der Mieterinitiativen.

Sie hatten einen Erfolg zu feiern: Die Stadt hatte der Immobiliengesellschaft das Haus abgekauft, um früher begangenes Unrecht wiedergutzumachen. Vor dem Haus glänzten nun zwei Stolpersteine mit David und Raphaela Mandelstams Namen.

Es war eine bewegende Aktion geworden. Frau Hegmann erzählte allen, woran sie sich erinnerte, wodurch die beiden so grausam ermordeten plötzlich äußerst lebendig und real wurden. Die meisten Menschen, die im Haus oder in den angrenzenden Häusern lebten, hatten zuvor davon nichts geahnt. Wie sollten sie auch? Keiner redete mehr darüber.

Allen war klar, dass damit das Unrecht nicht aus der Welt geschaffen werden konnte, aber wenigstens wurden sie nicht vergessen.

Joachim Närrisch stand auf, als Josip ihm aufmunternd zunickte und mit dem Messer sein Glas zum Klingen brachte. Es dauerte ein wenig, bis alle ihre Gespräche eingestellt hatten und still wurden. Er räusperte sich und begann:

„Ja, also, man hat mich gefragt, ob ich nicht etwas zu unserer Aktion und zu unserem Erfolg sagen könnte. Ich fühle mich natürlich sehr geehrt, obwohl ich nicht weiß, ob ich der Richtige dafür bin. Ihr wisst ja, ich kenne mich ganz gut mit Mathematik aus, aber ein Redner bin ich im Grunde nicht. Vielleicht hätte Josip das viel besser gekonnt als ich. Aber ich will mich nicht drücken. Also ja, unser Erfolg ist, dass wir hier alle wohnen bleiben können. Das ist gut. Sogar sehr gut. Es muss sich also niemand eine überteuerte Wohnung suchen, niemand muss einen Umzugswagen bestellen. Wir werden zukünftig nicht über die ganze Stadt verteilt sein, müssen nirgends neu beginnen. Wir können nach wie vor im Supermarkt um die Ecke einkaufen, zu unserem vertrauten Hausarzt gehen, wissen, mit welcher Bahn wir zur Arbeit kommen oder wo auch immer wir hinwollen.

Das alles ist ein großer Erfolg, aber es ist nicht der Einzige. Vielleicht ist ein anderer Erfolg noch größer: Wir haben Menschen ein Gesicht und eine Stimme gegeben, die früher hier gewohnt haben. Denen man das Leben und ihre Identität genommen und jede Erinnerung an sie ausgelöscht hat. Heute wissen wir, dass du Lotte, ja, ich darf jetzt Lotte sagen, dass du sie persönlich kanntest, dass du mit einem von ihnen einige Jahre deiner Kindheit verbracht hast und du ihr Verschwinden erleben musstest. Wir, die nicht in diesen Zeiten gelebt haben, können uns nur schwer vorstellen, was das für dich bedeutet hat, aber es soll uns eine Mahnung sein. Deshalb möchte ich auch besonders Frau Greth von der Initiative Stolpersteine danken, dass sie so viel Zeit und Kraft in die Suche nach Elias gesteckt hat. Ihr ist es zu verdanken, dass dieses Haus zu einem Denkmal für die Mandelstams geworden ist, und die Stadt ein wenig von ihrer Schuld damit abgetragen hat. Also im Grunde wollte ich keine großen Reden halten!“ Alle lachten, der eine oder andere griff zu seinem Glas, um einen Schluck zu trinken, aber Joachim Närrisch war noch nicht am Ende angelangt. Er nahm einen Schluck aus seinem Glas und ergriff dann erneut das Wort: „Durch unsere Aktion hat sich unser Zusammenleben auf eine Art und Weise verändert, wie ich es mir niemals hätte vorstellen können. Ihr wisst ja, ich bin eher ein Eigenbrötler und sitze lieber über meinen Büchern. Ich habe euch zwar gegrüßt, aber wenn ich ehrlich bin, habe ich immer gewartet, bis niemand mehr im Treppenhaus zu sehen oder zu hören war, es sei denn, es ging nicht anders. Aber dann kamen diese beiden Jungs hier und hatten eine Idee, die nur mit uns allen gemeinsam funktionierte. Und was soll ich sagen? Ich bin immer noch ein Eigenbrötler, aber einer, der bisweilen gerne mit euch zusammen ist. Jeder von euch hat seine Qualitäten, die ich vorher nicht kannte. Damit meine ich nicht, dass ihr alle in der Lage seid, eine Leinwand zu bemalen, sondern ich durfte Lottes wunderbare Akkordeonmusik erleben und habe gesehen, wie Josip und Ana hier alles so großartig organisieren und die Verantwortung übernehmen. Auch ihr, Knopf und Knöpfle, seid wichtig. Schließlich braucht es jemanden, der bei aller Euphorie im Auge behält, was alles schiefgehen könnte. Und dann die erfrischende Art von euch jungen Leuten aus der WG. Ich habe gehört, dass Andreas schon bald mit seiner Freundin Miriam in die Wohnung der Helferichs einziehen wird.

Ich weiß, dass du nicht gerne im Mittelpunkt stehst, Ronnie. Tut mir sehr leid, aber ich kann dir diesen Wunsch heute nicht erfüllen. Tatsache ist, dass ohne dich dieses Haus womöglich längst leer stehen würde. Das verdanken wir nicht nur deinem Fund im Keller, denn wenn es die Malaktion nicht gegeben hätte, hätten wir auch diese gemeinsame Zeit nicht gehabt. Jeder hätte mehr oder weniger verzweifelt in der eigenen Wohnung gesessen und wir hätten uns nie so kennengelernt, wie wir wirklich sind.

Niemand hätte erfahren, dass das Wichtigste an Lotte ihr Akkordeon ist, an Mariana ihr Hund, an Tom der Pinsel und an mir meine bunte Krawatte. Okay, ich höre jetzt besser auf, sonst bekomme ich noch Ärger, weil ich euch am Feiern gehindert habe. Auch ich freu mich jetzt auf mein Bier und auf das Zusammensein mit euch."

Alle klatschten begeistert. Ronnie war erleichtert, als Svenja endlich auftauchte, die als „Mitwirkende" natürlich auch eingeladen war. Inzwischen war sie für ihn eine Art Schwester geworden, die er sich immer gewünscht hatte.

„Warum bist du so unruhig?", fragte sie, als ihr auffiel, dass Ronnie nicht stillsitzen konnte.

„Ich mag es nicht, wenn mich alle ansehen."

„Aber wenn du in der Musical-AG singst und tanzt, schauen sie dich auch an!"

„Aber da bin ich nicht Ronnie, sondern Timon, das Erdmännchen! Das ist etwas Anderes."

„Dann stell dir einfach vor, dass du jetzt gerade auch Timon bist!"

„Ach, und dann sing ich die ganze Zeit Hakuna Matata? Ne, lass mal!" Ronnie musste bei der Vorstellung grinsen, und Svenja lachte.

„Lass uns zu deinem Baum gehen!", forderte er sie auf. „Es sind ja noch ein paar andere Äste da, auf denen wir sitzen können."

„Wir könnten auch zum Friedhof gehen."

Ronnie sah sie erschreckt an. „Zum Friedhof? Warum?"

„Weil es da schön ruhig ist? Und weil du deinem Vater endlich alles sagen kannst, was du ihm schon lange sagen wolltest!"

„Nein, das will ich nicht. Das kann ich nicht. Nicht heute."

Endlich!

Am nächsten Morgen wachte Ronnie bereits um fünf Uhr auf, obwohl es am Abend zuvor noch recht spät geworden war. Er hätte ausschlafen können, denn es war Sonntag, doch die Vögel hatten mit ihrem Morgenkonzert begonnen.

Mehr als der Gesang der Vögel hielt ihn jedoch Svenjas gestriger Vorschlag wach. Was, wenn er jetzt zum Friedhof ginge? Die Gefahr war jedenfalls gering, dass er jemandem begegnete. Seiner Mutter zum Beispiel.

Sie hatte ihm vor zwei Wochen einen Brief geschrieben. Er wollte ihn zuerst gar nicht öffnen und schließlich bat er Ana, ihm zu sagen, was darinstand. Am Ende hatte er ihn selbst gelesen und es war eine Art Entschuldigung. Sie mache in einer Gruppe für Co-Abhängige eine Therapie und sie fange langsam an, zu begreifen, wie sehr sie ihn allein gelassen habe. Sie trauere immer noch sehr um seinen Vater, aber auch um ihre Familie. Sie müsse jetzt lernen, zu verstehen, warum sie sich so verhalten hatte, und sie wünsche sich, dass sie beide einen Neuanfang finden könnten. Die Therapeuten hätten ihr gesagt, dass er auch eine Therapie machen solle. Vielleicht hätten sie beide dann eine Chance.

„Blabla", hatte er nur gesagt und den Brief zur Seite gelegt. Er wollte davon nichts wissen. Sollte sie doch allein damit fertig werden, schließlich hatte er jahrelang damit klarkommen müssen, dass sie ihr ganzes Denken auf seinen Vater ausgerichtet hatte. Trotzdem war ein winziger Funke Hoffnung in ihm aufgekeimt, der sofort wieder erlosch, als er sich daran erinnerte, wie oft er bereits vergeblich gehofft hatte.

Ana hatte ihn in den Arm genommen. „Lass dir Zeit!". Mehr hatte sie nicht gesagt und er fühlte sich verstanden.

Das hier war jetzt sein Zuhause und er war okay, genauso wie er war.

Als er sich anzog und sich die Zähne putzte, hatte er offensichtlich Josip aufgeweckt. Der tappte mit bloßen Füßen aus dem Schlafzimmer. „Nanu, so früh auf heute? Hast du was vor?"

„Ich gehe zum Friedhof."

Josip schaute ihn einen Moment still an, dann fragte er: „Willst du, dass ich mitkomme? Würde dir das helfen?"

„Danke, das schaff ich allein. Wenn nicht, kann ich ja einfach wieder gehen. Ich bin in einer Stunde zurück, dann können wir zusammen frühstücken."

„Du bist groß geworden, Ronnie", sagte Josip anerkennend, drehte sich um und ging wieder zurück ins Schlafzimmer.

Ja, er hatte recht. Ronnie war gewachsen, und seine Stimme war inzwischen beständig in eine tiefere Lage gewechselt. Manchmal überraschte ihn ihr fremder Klang, aber vor allem fühlte er sich sicherer als jemals zuvor. Obwohl er sich immer noch nicht gerne unter vielen Menschen aufhielt, konnte er kleinere Menschengruppen inzwischen genießen.

Auf dem Weg zum Friedhof dachte er an die Schule. Vor allem die Musical-AG hatte dazu beigetragen, dass er inzwischen kein Einzelgänger mehr war. Dabei hatte er anfangs nur aus Spaß die Hand gehoben, als Herr Fabiano nach Freiwilligen gefragt hatte. Er war aber auch ein besonderer Lehrer, der von allen Schülern gemocht wurde. Und nun übte Ronnie Texte, sang und tanzte. Er hatte nicht geahnt, wie viel Spaß auch das Singen machen würde.

Aber er sollte sich lieber Gedanken darüber machen, was er seinem Vater sagen wollte. Es war eigentlich eine blöde Idee, da dieser ihn nicht hören würde, aber er wollte das jetzt durchziehen.

Um diese Zeit war kaum jemand unterwegs. Gelegentlich rauschte ein Bus an ihm vorbei oder überholte ihn ein sportlicher Radfahrer. Ein Jogger näherte sich von vorn und war verschwunden, ehe Ronnie ihn genau erkennen konnte. Kurz vor dem Friedhof wurde er langsamer. Hineingehen? Nicht hineingehen? Lieber an einem anderen Tag? Nein, er würde jetzt da hineingehen und sagen, was er zu sagen hatte.

Er öffnete das Tor zum Friedhof und trat in das Reich der Toten und ihrer Stille. Seine Schritte knirschten auf dem Kies, während er auf der Suche nach dem Grab seines Vaters Gang für Gang entlanglief. Als er es endlich fand, war noch kein Grabstein dort, denn das Grab musste sich erst senken, hatte Frau Hegmann ihn aufgeklärt. In einer Vase steckten frische Blumen: rote Amaryllis, die Lieblingsblumen seiner Mutter.

Er versuchte, sich seinen Vater in diesem Grab vorzustellen, aber es wollte ihm nicht gelingen.

„Da liegst du und kannst jetzt niemanden mehr verprügeln", begann er. Er hatte es leise gesagt, mehr so vor sich hingesprochen. Er bewegte sich ein Stück weg vom Grab und blickte in die Wege zwischen den Gräbern. So früh war noch niemand unterwegs. Also sprach er weiter, nun laut und klar: „Weißt du, dass ich dein Gesicht nur in verzerrter Form vor mir sehen kann? Ich kann mich nicht erinnern, wann ich in unserer Familie zum letzten Mal entspannt war. Stattdessen kann ich nur Situationen aufzählen, in denen ich dich brüllend und schlagend erlebt habe. Aber wenn ich darüber nachdenke, kann ich nicht mehr ruhig schlafen, also lass ich es lieber. Du hast mein Leben weitgehend zerstört. Es gab keinen Tag, keine Stunde, an der ich nicht Angst vor dir hatte. Sie war mein ständiger Begleiter, untrennbar mit mir verbunden, sie lauerte in jeder Minute hinter jeder Ecke."

Er zögerte einen Moment, dachte dann: *Egal, wenn ich schon mal hier bin, kann ich auch noch alles andere sagen.* „In der Schule haben sie mich Glas genannt und dich hat es null interessiert, wie es mir ging. Mir wäre es lieber gewesen, du wärst unsichtbar gewesen. Aber das warst du nicht, schon gar nicht, wenn du dich volllaufen lassen hast. Du hast übrigens einen bleibenden Eindruck bei meinen Mitschülern hinterlassen, ja, das hast du. Danach haben sie mich jeden verdammten beschissenen Tag fertig gemacht.

Aber jetzt wird es jeden Tag besser. Ich kann nicht sagen, dass ich keine Angst mehr habe, aber sie ist kleiner geworden, viel kleiner. Zum ersten Mal in meinem Leben halte ich es aus, nicht unsichtbar zu sein. Ich glaube, Josip übertreibt, wenn er sagt, dass ich inzwischen wie ein funkelndes Glas in der Sonne sei. Aber sicher ist, dass es Menschen gibt, die gut zu mir sind, mich vielleicht sogar lieben.

Danke dafür, dass du deine Unterschrift unter die Vereinbarung vom Jugendamt gesetzt hast. Einmal in deinem Leben hast du etwas Richtiges gemacht. Mehr habe ich dir eigentlich nicht zu sagen."

Ronnie wollte sich schon umdrehen und zurückgehen, aber überlegte es sich anders. „Weißt du, ich werde dich vielleicht einmal vermissen, aber nur als den Vater, der du hättest sein sollen. Ich weiß nicht, warum du es nicht sein konntest! Ich habe immer gedacht, wenn ich mich mehr anstrenge, hättest du keinen Grund mehr, mich zu schlagen. Aber es hat nichts genützt. Jetzt streng ich mich nur noch an, weil ich es will. So, das wars. Ich bin froh, dass es jetzt raus ist, aber so wie ich dich kenne, interessiert es dich ohnehin nicht."

Dann drehte er sich um und lief in lockerem Laufschritt nach Hause. Dort öffnete er leise die Tür in der Absicht, genauso leise den Frühstückstisch zu decken, um Josip und Ana zu überraschen. Als er die Küche betrat, stand bereits alles auf dem Tisch. Josip stellte gerade ein Ei vor jeden Teller und Ana schenkte Orangensaft ein. Sie hielt mit ihrer Tätigkeit inne und blickte ihn fragend und ein wenig besorgt an. Josip hingegen schien einfach froh zu sein, ihn zu sehen. Sie kamen beide auf ihn zu und schlossen ihn in eine lange Umarmung ein. Einige Minuten standen sie schweigend zusammen und waren sich nahe. Ronnie spürte die Wärme, die von diesen beiden Menschen ausging. Bei ihnen hatte er ein Zuhause gefunden, als er alles verloren glaubte. Nun war alles gut.

Nachwort

Liebe Leserinnen und Leser,

als ich vor drei Jahren an diesem Roman zu schreiben begann, wollte ich vor allem über die Situation von Mietern in einer Großstadt erzählen, die sich gegen den Verlust ihrer Wohnungen wehrten. Beinahe täglich liest man in der Zeitung über solche Fälle, und darüber, wie sehr dies eines der größten Probleme unserer Zeit ist. Ich selbst befand mich vor einigen Jahren in einer ähnlichen Lage. Im Gegensatz zu den Mietern in meinem Roman wählte damals jedoch jeder seinen individuellen Weg.

Ronnie sollte nur eine kleine Rolle in dem Roman spielen. Doch während ich recherchierte und schrieb, wurde seine Gestalt immer lebendiger und wuchs mir mehr und mehr ans Herz. Ich habe ihn in seiner Verletzlichkeit erlebt und in seinen Selbstzweifeln, aber auch in seiner Sehnsucht nach einem verlässlichen Umfeld. Dank den Hinweisen meiner Testleser*innen wurde mir allmählich klar, dass ich über diesen Jungen schreiben wollte. Also begann ich nochmals neu, um die Geschichte eines 15-jährigen mit traumatisierenden Erfahrungen zu schreiben. Dabei erinnerte ich mich daran, wie sehr ich selbst mich als Kind geschämt habe, Enkelin eines dorfbekannten Alkoholikers zu sein.

Meine Oma hatte es schwer, aber sie hatte keinen Ausweg. Wo sollte sie hin? Heute können Frauen ihren eigenen Weg gehen, und dennoch verharren sie noch oft in ihrer Opferrolle. Auf die Frage nach dem Warum habe ich noch keine überzeugende Antwort gefunden. Vielleicht waren sie selbst als Kinder Opfer, und die Opferrolle ist ihnen vertraut? Vielleicht identifizieren sie sich gewohnheitsmäßig mit der Rolle der Helferin, denn das sind sie noch allzu oft. Für ein Kind fühlt es sich jedoch wie Verrat an, wenn die Mutter, die es schützen müsste, in einer gewalttätigen Beziehung bleibt.

Geschichten wie die von Ronnie erleben viel zu viele Menschen. 256.276 Menschen wurden 2023 Opfer häuslicher Gewalt. Ein Viertel davon ist unter vierzehn. Frauen sind häufiger betroffen als Männer. Das meldet das BKA am 07. Juni 2024. Die Zahlen sind unvollständig, da ein Großteil der Fälle gar nicht zur Anzeige kommt, aber sie zeigen eine steigende Tendenz.

Alle sind sich einig, dass dagegen etwas unternommen werden muss. Es reicht nicht, nur die Opfer zu schützen. Ohne die Veränderung der Täter wird es immer neue Fälle geben. Es wird über ein verpflichtendes Anti-Gewalttraining beraten. Das ist gut, aber ich denke, das wird nicht genügen.

Es liegt auch an uns Frauen, zu verstehen, dass unsere Würde unantastbar sein muss und wir ein Recht auf ein selbstbestimmtes und selbstbewusstes Leben haben. Das gleiche gilt auch für unsere Kinder.

Ich wünsche mir sehr, dass mein Roman dazu beiträgt, solche Verhältnisse zu verändern, indem er auf Ereignisse zeigt, vor denen wir noch zu oft die Augen verschließen.

Allen, die mich dabei unterstützt haben, sei mein innigster Dank ausgesprochen, insbesondere allen meinen Testleser*innen, die mir wertvolle Hinweise gaben und mich darin bestärkten, weiterzuschreiben, auch wenn ich zwischendurch zweifelte.

Als ich einmal völlig blockiert war, half mir Meike Blatzheim, Die Textgefährtin, zu erkennen, wo das Problem liegt. Danke, Meike. Ohne dich wäre vielleicht alles in der Schublade verschwunden. Danach wurde das Schreiben zu einer reinen Freude.

Mein besonderer Dank gilt meiner Lektorin Sarah Christoph vom Lektorat Blattgold. Ihre anregende und immer wertschätzenden Kritik brachte viele zusätzliche Impulse in den Schreibprozess. Dadurch wurde diese Geschichte viel lebendiger und farbiger als zuvor.

Ich danke ebenfalls Frau Greth von der Initiative Stolpersteine. Von ihr erfuhr ich, dass sie persönlich nach Menschen sucht, die entweder ins Exil flüchten mussten oder von den Nazis verschleppt und ermordet wurden.

Die Initiative Stolpersteine gibt es bundesweit, allein in Stuttgart sind 14 Initiativen tätig. Ihre Ziele beschreibt ihr Sprecher Werner Schmidt gegenüber der Zeitung Stuttgarter Nachrichten am 13.05.2024:

*„Die **Stolperstein-Initiativen** wollen mit der Erinnerung an die Entrechteten in der NS-Zeit deutlich machen, dass Widerstand und Zivilcourage frühzeitig notwendig sind, wenn Hass und Gewalt um sich greifen und die demokratischen Grundwerte bedroht werden".*

Über die Autorin

Hanni Serway lebte 34 Jahre in Stuttgart und wohnt nun seit langem in Waldenbuch. Sie war Buchhändlerin mit einem unvollendeten Sozialpädagogikstudium, hat als Putzfrau, Küchenhilfe und Büroangestellte gearbeitet und drei Kinder großgezogen, Theater gespielt und in einer Band musiziert. Ihre Leidenschaft für die Malerei und das Schreiben entdeckte sie erst später. Mit 47 begann sie ein Studium der Malerei, und obwohl sie hin und wieder kleine Texte oder Geschichten schrieb, machte sie erst mit 72 ein Fernstudium in Kreativem Schreiben, dem sich noch ein Fernstudium in Autobiografischem Schreiben anschloss. Seitdem hat sie mehrere Bücher veröffentlicht, darunter drei Kinderbücher, einen Roman und eine Autobiografie, die sie auch illustrierte.

Veröffentlichte Bücher:

Miniaturen – Kurzprosa und Prosagedichte
ISBN   978-3-751994-9-41

Felix und der Drache Rolando
ISBN: 978-3-753150-53-6

Felix auf der Insel Tondramar
ISBN: 978-3-754102-43-5

Wenn der Kuckuck ruft –
ein Leben zwischen zwei Jahrtausenden
ISBN: 978-3-756814-59-6

Nora Zorn und der Fünfzig-Prozent-Mann
ISBN: 978-3-756238-12-5

Der graue Fluss
ISBN: 978-3-739213-16-3